Bibliothek der
phantastischen Abenteuer
Herausgegeben von
V. C. Harksen

Über dieses Buch Nach einer schweren Krankheit, von der er erst halb genesen ist, erhält der junge Baumeister Michael Fürbringer einen seltsamen Auftrag: er soll für den indischen Maharadscha von Eschnapur ein wunderbares, riesiges Grabmal bauen – zum Andenken an dessen verlorene Liebe. Dazu aber verlangt man von ihm, daß er, ohne irgendeinen Menschen – einschließlich seiner Frau Irene – zu benachrichtigen, noch in derselben Nacht abreist. Fasziniert von der Chance, alle Träume eines Architekten verwirklichen zu können und von der fürstlichen Belohnung, die ihm in Aussicht gestellt wird, willigt Fürbringer ein und folgt dem düsteren Ramigani, dem Vertrauten des Maharadscha ...
»Das indische Grabmal« erschien zuerst 1917 und gehört zu Thea von Harbous populärsten Romanen. Die nicht nachlassende Beliebtheit der Geschichte führte zu mehreren, auch neueren Verfilmungen und sogar zu einer Fortsetzung unter dem (Film-) Titel »Der Tiger von Eschnapur«. Die Versuchung des jungen Baumeisters durch den märchenhaft reichen und mächtigen Maharadscha, dessen unfaßliche Eifersucht der innigsten Liebe und dem tiefsten Haß ein Denkmal setzen möchte, das die Zeiten überdauert, Fürbringers Abenteuer in einem unwirklichen Palast – das alles verzaubert den Leser heute ebenso wie vor gut siebzig Jahren.

Über die Autorin Thea von Harbou wurde 1888 in Tauperlitz geboren und starb 1954 in Berlin. Sie war Schauspielerin und Schriftstellerin. Ihren Erfolg auf letzterem Gebiet begann sie mit dem Erzählungsroman ›Die Masken des Todes‹ (1915). Ihre Werke erfreuten sich im ersten Viertel unseres Jahrhunderts größter Beliebtheit und wurden vielfach verfilmt. Letzteres lag auch daran, daß Thea von Harbou längere Zeit mit dem berühmten Filmregisseur Fritz Lang verheiratet war, für den sie auch Drehbücher und Filmvorlagen verfaßte. Noch heute unvergessen ist ihr gemeinsames magnum opus, der Film ›Metropolis‹.
Trotz ihres für heutige Begriffe manieriert-romantischen Stils und der Vorliebe für das leicht parfümierte Exotisch-Erotische, vermischt mit einer sanft naiven Heroisierung des aufrechten – speziell des deutschen – Menschen, sind Thea von Harbous Romane nach wie vor spannend und unterhaltend und haben durch die leichte Patina eher an Reiz gewonnen.

Thea von Harbou

Das indische Grabmal

Roman

Fischer Taschenbuch Verlag

Veröffentlicht im Fischer Taschenbuch Verlag GmbH,
Frankfurt am Main, Januar 1986

Lizenzausgabe mit freundlicher Genehmigung
des Ullstein Verlages, Berlin

Umschlaggestaltung: Die Titelillustration von Claus-Dietrich Hentschel, Konstanz,
zeigt einen Ausschnitt seines Acrylbildes »Im Gebirge I« (1982; 36 x 49,5 cm);
die Typographie besorgte Manfred Walch, Frankfurt am Main.
Gesamtherstellung: Clausen & Bosse, Leck
Printed in Germany
780-ISBN-3-596-22705-4

Die Hauptpersonen

Michael Fürbringer	ein junger deutscher Architekt, dem der Auftrag seines Lebens in den Schoß fällt
Irene	seine Frau
Der Maharadscha von Eschnapur	ein unermeßlich reicher indischer Fürst, der einer lebenden Frau das Grabmal seiner Liebe zu ihr errichten will
Ramigani	sein finsterer Vertrauter
Miriam	ein junges Mädchen, das einen schrecklichen Tod sterben muß
Mohammed ben Hassan	ein Juwelenhändler und Weiser

I

Michael Fürbringer erwachte, als die Uhr im Nebenzimmer zehn schlug.
Er war allein. Auf dem Tisch am Kopfende seines Bettes brannte die Lampe unter einem goldfarbenen Seidentuch und ließ den großen Raum in sehr sanfter Dämmerung. Das Fenster stand halb offen, und der eindringende Windhauch brachte den Duft der blühenden Weiden und der regenfeuchten Erde mit. Das Schlagen der Kirchenuhren, ferner und naher, vermischte und entwirrte sich ernst und anmutig und ließ die folgende Stille vollkommener erscheinen, als sie vordem gewesen war.
Michael Fürbringer lag auf dem Rücken ausgestreckt und spürte in allen Gelenken die wohlige Erschöpftheit nach dem großen Kampf mit dem Tode. Nun war er ausgekämpft. Er lebte. Er fühlte das noch matte, doch zuverlässige Schlagen seiner Pulse mit einer etwas schwermütigen Zärtlichkeit gegen diesen tapferen Rhythmus des Lebens.
Er wußte nicht, wie lange er krank gewesen war. Das Fieber war sein Meister geworden und hatte das Augenblickliche gegenstandslos gemacht. Endlose Wegstrecken hatte er durchwandert, gehetzt und verdurstend, den eigenen Körper schleppend als zu schwere Last. Eine fürchterliche Sonne hatte scheitelrecht über seinem Kopf gestanden und ihm das Hirn aus dem Schädel gesogen. Hinter dicken, trüben Glaswänden hatte er Menschen gesehen, die sich über ihn beugten, bekannte – unbekannte ...
Das Gesicht des berühmten Arztes, das die Säbelnarben, schlecht geheilt, verzerrten, indem sie sein Lächeln zum Grinsen werden ließen; es forschte ihn aus ohne Ergriffenheit mit der selbstsicheren Neugier der Wissenschaft. Und die Wissenschaft schüttelte den Kopf über einen Aufgegebenen.
Aber die Sehnsucht und der grimmige Wille, von all den noch ungelebten Stunden des Lebens keine zu verlieren, nahmen ihn auf, den großen Ringkampf mit dem Sterben ...

Und dann war *sie* dagewesen, Irene, seine Frau. Einmal, und es war in der Stunde gewesen, da ihm die Kräfte zu versagen drohten und er sich fallen lassen wollte in grenzenloses Nichts, da hatte sie ihn bei Namen gerufen. Und er hatte die Stimme vernommen und war umgekehrt, aus dem Nichts in das Etwas, das Leben heißt. Aber mit ihr zu leben, das war viel ...

Er wunderte sich, daß sie nicht neben ihm saß. Er war daran gewöhnt, mit dem ersten Blick des Bewußtseins diesen Augen zu begegnen, die des Wachens niemals müde wurden. Sie fehlte ihm. Vielleicht war sie im Nebenzimmer, dessen Tür halb offen stand. Er hätte sie rufen können, aber er tat es nicht, weil er zu träge war. Er hätte nur die Hand zu heben brauchen, um die Klingel zu berühren, aber er unterließ auch das. Er verspürte nicht die geringste Lust, eine noch so kleine Bewegung zu machen. Das Bewußtsein, es zu können, genügte ihm völlig.

In die tiefe Stille, die das Haus beherrschte, klang das Anschlagen der Torglocke, nicht laut, aber mit einer merkwürdigen Bestimmtheit.

Fürbringer hörte die Schritte des Dieners, der die Treppe herunterkam und über den Flur an seinem Zimmer vorbei nach der Haupttüre ging. Dann längere Zeit nichts mehr.

Das Warten auf den nächsten Laut ermüdete ihn; er schloß die Augen.

Als er sie wieder öffnete, geschah es unter dem Druck der Vorstellung, daß ein Mensch ihn ansah. Er wandte den Kopf ...

An seinem Bett stand der Diener.

»Verzeihung, gnädiger Herr«, sagte er murmelnd, »da draußen ist jemand, der den gnädigen Herrn zu sprechen wünscht.«

»Es tut mir sehr leid«, entgegnete Fürbringer mit einem Gefühl unbekannter Gereiztheit, »ich kann niemand empfangen.«

»Das habe ich dem Herrn auch gesagt, er hat sich jedoch nicht abweisen lassen«, berichtete der Diener.

Der Ton dieser Antwort veranlaßte Fürbringer, ihn anzusehen. Das Gesicht des jungen Menschen, das der Lampenschein mit einem bronzenen Goldton färbte, war etwas verstört.

»Was ist denn?« fragte Fürbringer. »Kennen Sie den Herrn nicht?«
»Nein. Ich habe ihn noch nie gesehen. Er ist bestimmt noch nie hier gewesen.«
»Wie sieht er denn aus?« erkundigte sich Fürbringer, weit mehr zum Fragen angeregt durch den Ausdruck im Gesicht seines Dieners als durch die Gegenwart des Unbekannten an sich.
»Es muß ein Ausländer sein, gnädiger Herr. Er hat eine Haut wie Lehm und spricht ein fremdes Deutsch.«
»So ... Dann sagen Sie dem Herrn, ich bedauerte, ihn jetzt nicht annehmen zu können, denn erstens wäre es zehn Uhr vorbei, und zweitens läge ich zu Bett und hätte gerade eine schwere Krankheit überstanden.«
Der Diener zögerte.
»Auch das habe ich dem Herrn gesagt«, meinte er mit einer gewissen Hilflosigkeit.
»Und trotzdem bestand er darauf, mich sprechen zu wollen?«
»Jawohl, gnädiger Herr.«
»Und er hat seinen Namen nicht genannt?«
»Nein, gnädiger Herr.«
»Dann gehen Sie und bitten Sie ihn um seine Karte, oder er soll Ihnen sagen, wie er heißt.«
Der Diener verschwand und kam nach einer halben Minute wieder.
»Der Herr will seinen Namen nicht nennen«, berichtete er. »Er wiederholte jedoch, daß er den gnädigen Herrn unter allen Umständen sprechen müsse, da es von allergrößter Wichtigkeit sei, was er ihm zu sagen habe.«
Fürbringer stieß die Luft durch die Nasenlöcher.
»Wo ist meine Frau?« fragte er.
»Die gnädige Frau ist vor einer halben Stunde telephonisch angerufen worden und ist dann fortgegangen.«
»Wer hat sie angerufen?«
»Das weiß ich nicht. Die gnädige Frau ging selbst an den Apparat.«

»Hat sie nicht gesagt, wann sie wiederkommen würde?«
»Nein ...«
»Hm ... Also, sagen Sie dem Mann, ich wäre heute abend für niemand zu sprechen; er möchte morgen früh wiederkommen.«
»Morgen früh«, sagte eine ungemein sanfte und gänzlich farblose Stimme vor der Tür, »bin ich nicht mehr hier ...«
Michael Fürbringer richtete sich auf, daß er zum Sitzen kam. Unwillkürlich sah er seinen Diener an.
Sekunden verstrichen.
»Lassen Sie ihn eintreten!« sagte Fürbringer halblaut.
Während der Diener sich zum Gehen wandte, beugte er sich vor und schlug mit einer raffenden Bewegung das Seidentuch der Lampe zurück, so daß der unbeirrte Lichtkeil der fünfzig Kerzen auf die Tür fiel, in deren Rahmen der Fremde erschien. Hinter seinem Rücken gleichsam schmaler werdend, verließ der Diener das Zimmer.
Der Fremde grüßte mit einer Verbeugung, die zu tief und zu feierlich war, um europäisch zu sein. Er sagte nichts.
Das erste Gefühl, das die Erscheinung des Fremden in Fürbringer auslöste, war eine leichte Enttäuschung. Er hatte einen Menschen erwartet, dessen Äußeres im richtigen Verhältnis zu der geheimnisvollen und dringlichen Art und Weise stand, mit der er sein Eintreten erzwungen hatte. Aber über dem schmalbrüstigen Mann mit den abfallenden Schultern, der an der Türe stehengeblieben war und mit zwinkernden Augen um Befreiung von der Grellheit des Lichts zu bitten schien, lag durchaus nichts Geheimnisvolles. Auch war seine Erscheinung zu nüchtern und unübertrieben, um den Gedanken an einen freundschaftlichen Scherz aufkommen zu lassen. Das einzig Auffallende an ihm war die Farbe seiner Haut, die den merkwürdigen Ton von altem Messing hatte.
»Sie wünschten mich zu sprechen«, begann Fürbringer das Gespräch, da der Fremde schwieg. »Sie müssen es der Dringlichkeit dieses Wunsches zuschreiben, daß ich Sie in dieser zwanglosen Verfassung empfange. Ich war krank.«

»Ich weiß es, Sahib«, antwortete der Fremde mit seiner sanften, gleichsam körperlosen Stimme. »Aber du bist es nicht mehr. Du wirst aufstehen und gesund sein.«

»Hoffentlich«, meinte Fürbringer mit einem flüchtigen Lächeln. »Immerhin wird es noch einige Tage dauern, bis ich daran denken kann.«

»Heute abend, Sahib«, sagte der Fremde.

Fürbringer verzog die Mundwinkel. »Auf Ihre Veranlassung?« fragte er.

»Du wirst heute abend aufstehen und gesund sein, Sahib«, wiederholte der Fremde.

Fürbringer stützte sich auf den Ellenbogen.

»Sie sind Inder, nicht wahr?« stellte er fest.

»Ja, Sahib.«

»Wollen Sie mir Ihren Namen nennen?«

»Hat das Staubkorn einen Namen? Ich bin ein Staubkorn unter der Sohle meines Herrn.«

»Und wer ist dein Herr?« fragte Fürbringer, die Knochenlosigkeit dieser völligen Unterwerfung unwillkürlich mit »Du« anredend.

»Er ist es, von dem ich dir diesen Brief zu bringen habe«, antwortete der Inder.

»Gib ihn mir«, sagte Fürbringer, die Hand ausstreckend.

Der Inder verbeugte sich; er zog aus dem linken Ärmel seines Rokkes ein großes, auf besondere Art gefaltetes Schreiben, das er Fürbringer übergab.

Das Schreiben war versiegelt; das Siegel zeigte in einfachster, fast roher Ausführung ein großes lateinisches A.

»Bitte, setzen Sie sich!« sagte Fürbringer, während er den Brief öffnete. Der Inder blieb stehen.

Fürbringer las.

»Herrn Michael Fürbringer, dem Erbauer des Hauses auf dem Roten Hügel, durch meinen Diener, der schweigt.

Ich habe das Haus auf dem Roten Hügel gesehen, das Haus der Mater Immaculata und das Haus der schönen Frau, die zu jung

gestorben ist. Ich habe die Frau verloren, die nahe an meinem Herzen gelegen hat, und ich will ihr ein Grabmal errichten, dessen Schönheit ihrer Schönheit gleichen soll. Ich will, daß dieses Grabmal von dem Manne gebaut wird, unter dessen Händen der weiße Marmor zu weißen Spitzen wird, von dem Gärtner der Blumen, die aus Edelsteinen gemacht sind. Ich bitte ihn, aufzustehen, wenn er liegt oder sitzt, fortzulegen, was er in Händen hält, und zu mir zu kommen. Die Jahre sind nichts, wenn das Werk gut ist. Ich biete ihm für Erfüllung meines Wunsches die Summe von einer Million Pfund in Gold.
Er möge sich meinem Diener anvertrauen. Seine Treue steht auf meinem Haupte. Nimm, wessen du bedarfst. Alles ist dein.«
Als Unterschrift ein unleserlicher Namenszug.
»Die Sache ist ein ausgezeichneter Scherz und hat außerdem den Vorzug der Neuartigkeit«, sagte Fürbringer, indem er den Brief zusammenfaltete. »Leider kann ich nicht so herzhaft auf ihn eingehen, wie ich gern täte, denn sein Urheber hat keine günstige Stunde gewählt. Sagen Sie ihm einen schönen Gruß, und in vierzehn Tagen stünde ich ihm zur Verfügung.«
»Sahib«, entgegnete der Inder, ohne die geringste Bewegung zu machen, um den Brief zurückzunehmen, »das Schreiben meines Herrn ist kein Scherz. Niemals scherzt mein Herr. Er ist jung. Er hat die Frau verloren, die seinem Blute Feuer war. Er trauert um sie und scherzt nicht. Er ist in der Welt gewesen, überall, wo Schiffe fahren und eiserne Bahnen; überall hat er die Bauten der Menschen erforscht und keinen gefunden, der der Schönheit seiner Freundin würdig gewesen wäre. Aber er sah die Werke deiner Hände und die Pläne deines Kopfes, und er dachte, du wärest der Mann, das Grabmal der Schönheit zu schaffen, wenn er dich hinführte in ein Tal, wo die Blöcke hundertfarbigen Marmors lagern und Marmor, reiner und weißer als das Gefieder der weißen Pfauen, Berge von Onyx, Achat und Lapislazuli, Silber in Barren und Platten aus Gold, und Becken, die ein Mann nicht zu heben vermag, angefüllt mit Edelsteinen und den großen Perlen des Meeres –, daß dich der Rausch des Schaffens ergreifen würde,

wenn mein Herr zu dir spräche: Nimm und baue! ... Sage nicht, Sahib, dies sei ein Scherz, denn mein Herr wartet auf dich ...«

Fürbringer wandte den Kopf. »Wo?« fragte er etwas schroff.

»In seiner Heimat«, antwortete der Inder einfach.

»Und du willst mich glauben machen, daß er dich eigens aus Indien nach Europa geschickt habe, um mir diesen Brief zu bringen?«

»Ich will es dich nicht glauben machen, Sahib – es ist die Wahrheit.«

Fürbringer drückte den Nacken in die Kissen und sah nach der Decke des Zimmers.

Wahrscheinlich, dachte er, habe ich wieder Fieber – oder ich träume ... Natürlich träume ich ... Aber die Gedanken seines Hirns arbeiteten mit außerordentlicher Kraft und Schnelligkeit und der untadelhaften Schärfe einer guten Maschine. Er sah die Gegenstände des Zimmers so deutlich, als wären sie von Scheinwerfern beleuchtet. Jedes Ding, das er ins Auge faßte, schien auf ihn zuzukommen wie ein Lebendiges, bei Namen Gerufenes.

Mit einem Ruck sah er sich um und sah dem Inder ins Gesicht. Es war vollkommen ernst, nicht ganz frei von irgendeinem fremden asiatischen Kummer und völlig beherrscht von der bedingungslosen Überzeugung, einem Willen zu gehorchen, der sich nicht irren konnte.

»Gesetzt den Fall, daß ich diesen Brief ernst nähme – was ich durchaus nicht tue –, wie hatte sich dein Herr die Entwicklung des Ganzen gedacht?« fragte Fürbringer mit einer Nachlässigkeit, die er nicht empfand.

»Nimm diesen Brief ernst, Sahib, denn er ist es«, antwortete der Inder.

»Gut, gut – wir wollen uns nicht streiten! Was also hätte ich dann zunächst zu tun?«

»Stehe auf, Sahib, und folge mir!«

»Was! – Jetzt, auf der Stelle?!«

»Das Auto steht vor der Tür, Sahib.«

Fürbringer lachte.

»Dein Herr scheint an prompte Erfüllung seiner Wünsche gewöhnt zu sein«, meinte er.
»Ja, Sahib!« sagte der Inder in unverkennbarer Ehrfurcht vor einem unsichtbaren Dritten.
»Immerhin hätte er bedenken müssen, daß er seinem Diener einem nüchternen Mitteleuropäer gegenüber einen glaubhafteren Ausweis hätte mitgeben müssen als einen Brief mit einer unentzifferbaren Unterschrift.«
Über das Gesicht des Inders ging ein Lächeln. Er griff mit einer kleinen, höflichen Bewegung nach seiner Brusttasche.
»Mein Herr kennt die Menschen Europas, Sahib«, sagte er sanftmütig. »Er hat mich beauftragt, falls du es wünschtest, dir dies zu geben.«
Fürbringer griff nach dem, was der Inder ihm reichte. Es war ein Scheckbuch der Deutschen Bank, lautend auf den Namen: Arada, Fürst von Eschnapur.
Fürbringer biß sich auf die Lippen. Er fühlte, daß ihm das Blut ins Gesicht stieg; er sagte nichts.
»Mein Herr«, fuhr der Inder nach einer Pause fort, »bittet dich, falls du seinem Briefe nicht glaubst, auf eines dieser Blätter die Zahl zu schreiben, die dir beliebt, und einen Menschen, dem du vertraust, dorthin zu schicken, wo er das Blatt einlösen kann. Ich werde ihn begleiten, und er wird dir das Geld bringen.«
Fürbringer schwieg noch immer. Er blickte vor sich hin. Nach einer Weile hob er die Augen und suchte, fast ohne zu wissen, daß er's tat, die Radierung von der Tadsch Mahal, die seinem Bette gegenüber hing.
Der Inder folgte der Richtung seinen Schauens; er lächelte.
»Dies ist nichts gegen das, was du schaffen wirst, Sahib«, sagte er mit einem vorsichtigen Rufen.
Fürbringer gab ihm keine Antwort. Seine Hände, die auf der Bettdecke lagen, zogen sich leicht zusammen, wie die Fänge der Vögel es tun, ehe sie eine Beute packen.
»Es ist gut«, sagte er mit etwas heiserer Stimme. »Ich werde der Aufforderung des Fürsten Folge leisten und das Grabmal bauen.

Ich hoffe in spätestens vier Wochen die Reise nach Indien antreten zu können.«
»Wenn du reisen willst, Sahib, dann muß du es noch in dieser Nacht tun«, sagte der Diener.
»Das ist gänzlich ausgeschlossen. Ganz abgesehen davon, daß ich für eine Reise von so langer Dauer die umfassendsten Vorbereitungen treffen muß; abgesehen auch davon, daß ich nicht weiß, wieviel ich mir jetzt schon wieder zumuten kann, ohne einen Rückfall heraufzubeschwören, muß ich unbedingt meine Frau verständigen und alles mit ihr besprechen ...«
»Verzeihung, Sahib«, sagte der Inder mit großer Höflichkeit, »falls du die Absicht hast, den Wunsch meines Herrn zu erfüllen, so müßtest du in dieser Nacht abreisen, ohne deine Gattin noch einmal gesprochen zu haben. Morgen früh steht es dir frei, ihr ausführlich zu depeschieren, heute nacht jedoch dürfte niemand um deine Abreise wissen. Da mein Fürst gezwungen war, diese Bedingung an seinen Auftrag zu knüpfen, bittet er dich, den Preis ihrer Erfüllung selbst zu bestimmen. Seine Unterschrift ist in deiner Hand.«
»Da haben Sie das Scheckbuch, und da haben Sie den Brief«, sagte Fürbringer, beides dem Inder reichend. »Die Angelegenheit ist für mich erledigt; ich will nichts mehr davon hören. Sagen Sie dem Fürsten, wenn Sie nach Indien zurückkommen, daß ein Guthaben bei der Deutschen Bank zwar ein vorzüglicher Ausweis sei, aber doch nicht hinreichend, die einfachsten Rücksichten eines anständigen Mitteleuropäers aufzukaufen wie Grundbesitz. Gute Nacht.«
»Dies ist nicht dein letztes Wort, Sahib«, sagte der Inder.
»Kann ich meine Frau benachrichtigen oder nicht?«
»Es ist leider nicht möglich, Sahib.«
»Gute Nacht«, wiederholte Michael Fürbringer.
Der Inder verbeugte sich langsam und ging aus dem Zimmer. Den Brief hatte er zurückgelassen. Er lag auf der Bettdecke. Fürbringer rührte ihn nicht an.
Er hatte sich zurückgelehnt und sah unverwandt geradeaus, ohne

zu wissen, was er sah. Erst allmählich lösten sich die Formen der Tadsch Mahal aus dem blicklosen Schauen, dieses schöne Grabmal einer großen Liebe. Fürbringer dachte an seine Frau. Warum warst du nicht bei mir? dachte er. Ich hätte zu dir gesagt: Ich soll etwas schaffen, schöner als alles, was ist – etwas, das zum Ewigen werden sollte, ein Triumphgesang des Marmors, ein goldenes Fanal, etwas, vor dessen Schönheit die Menschen heilig werden sollten. Warum warst *du* nicht bei mir? Du hättest mich gehen heißen – ja, du hättest mich fortgetrieben, du mit deiner Liebe, die immer weiß, was das Rechte ist ...

Er dachte: Vielleicht habe ich den Sinn meines Lebens aus der Hand gegeben ...

Und mit einem Male überkam ihn der große Rausch des ersten Entwurfes einer neuen Schöpfung. Aus dem völlig Formlosen, das den Wolken glich, bildeten sich Formen, die sich bannen und fesseln ließen – ein Hintergrund von unerhörter Klarheit, in den hinein die Umrisse eines Form gewordenen Gedankens wuchsen, nicht mühsam aufgebaut noch entstehend – fertig, in sich vollendet, unmittelbar und vollkommen ...

Mit einem Ruck setzte sich Michael Fürbringer auf. Er hatte die Klingel neben sich, aber das hatte er vergessen. Er schrie nach dem Diener.

»Franz ... !!«

Der Diener kam mit offenem Mund ins Zimmer gestürzt.

»Gnädiger Herr ... ?«

»Laufen Sie dem ... laufen Sie dem Menschen nach, der eben hier war ... dem Inder ... ! Suchen Sie ihn einzuholen! Bringen Sie ihn zurück! Sagen Sie ihm, er solle unter allen Umständen zurückkommen! Ich hätte mit ihm zu reden!«

Der Diener glotzte seinen Herrn an, verstand nicht ...

Fürbringer zerbiß einen Fluch zwischen den Zähnen. Er warf die Decke zurück und sprang aus dem Bett. Er taumelte vor Schwäche.

»Der Inder ... !« schrie er und hielt sich an Tisch und Stuhl. »Verstehen Sie kein Deutsch, Mensch ... ? Sie sollen den Inder zurückholen!«
Der Diener lief aus dem Zimmer; er ließ die Türe offen ...
Fürbringer stand wie auf durchgeschnittenen Gelenken. Er sank auf den Bettrand zurück und stand wieder auf.
Ich bin schwach, weil ich Fieber hatte, dachte er. Vielleicht habe ich auch jetzt noch Fieber. Das macht nichts. Das geht vorüber. Ich will – ja, ich will das indische Grabmal bauen ... !
Er ging ins Badezimmer und ließ das Wasser in die Wanne brausen. Der Druck des Wassers schlug ihm die Hände nach unten. Er lachte. Warte nur, dachte er. In fünf Minuten halte ich dir stand. Er tauchte den Kopf in das schneekalte Strömen. Eine ungeheure Kraft kam über ihn wie eine Trunkenheit. Er spürte das Federn seiner Gelenke wieder und die geschmeidige Bereitschaft seiner Muskeln. Nur daß er den Boden unter seinen Füßen als etwas Fremdes *fühlte*, wie Menschen, die nach einer langen Segelfahrt ans Ufer springen.
Der Diener klopfte an.
»Gnädiger Herr, bitte ...«
»Haben Sie ihn getroffen?«
»Der Herr wartete vor der Gartentür ...«
Fürbringer stand einen Augenblick bewegungslos.
»Führen Sie ihn in mein Arbeitszimmer; ich komme sofort!«
Zehn Minuten später standen sich die beiden Männer gegenüber.
»Wie kommt es«, fragte Fürbringer, ohne dem Inder Zeit zum Grüßen zu lassen, »daß mein Diener Sie noch vor der Gartentür antraf?«
»Ich wartete auf ihn«, antwortete der Inder mit einer Geste der Selbstverständlichkeit.
»Waren Sie so überzeugt davon, daß ich Sie zurückrufen würde?« fragte Fürbringer fast etwas verbittert.
»Ja, Sahib. Davon war ich überzeugt.«
»Warum, bitte ... ?«

Der Inder hob den Kopf. Die Sanftheit seines Lächelns machte jede Bitterkeit sinnlos.
»Sahib, niemand kann die neugeborenen Kinder seiner Seele töten ...«
Fürbringer entgegnete nichts. Er fühlte in seiner Tasche nach dem Brief des Fürsten. Sein Blick fiel auf den Schreibtisch.
»Sie wünschen also, daß ich auf der Stelle abreise?« fragte er, ohne den Inder anzusehen.
»Es ist der letzte Tag und die letzte Stunde. Du warst sehr lange krank«, antwortete der Inder.
»Kommt es in diesem Fall auf Tag und Stunde an?«
»Es gibt keine Zwillinge unter den Stunden, Sahib«, sagte der Inder mit einer gewissen Schwermut.
»Und soll ich fortgehen, ohne meine Frau zu benachrichtigen, wohin ich fahre?«
»Morgen früh steht es dir frei, Sahib. Du magst dem Diener sagen, was du willst, um die Herrin zu beruhigen. Aber das Ziel deiner Reise darf sie erst morgen erfahren.«
»Und wenn sie wiederkommt, bevor ich fort bin?«
»Beeile dich, Herr«, war die einfache Antwort.
»Ich werde nur soviel Zeit brauchen, als notwendig ist, einen Koffer zu packen.«
»Du bedarfst keines Koffers, Sahib. Du bist der Gast meines Herrn und hast zu gebieten. Wünsche, und du besitzt.«
»Ich würde es vorziehen, in gewissen Dingen für mich selber zu sorgen«, meinte Fürbringer.
»Tue dies dann, Sahib, wenn du mit dem, was wir dir geben können, nicht zufrieden bist.«
Fürbringer zuckte die Achseln. Dem Inder den Rücken zukehrend, nahm er ein Blatt Papier vom Schreibtisch und steckte es in die Tasche.
»Verzeihen Sie einen Augenblick«, sagte er und ging in sein Schlafzimmer zurück, dessen Tür er offen ließ.
Durch den Spiegel über dem Diwan sah er den Inder mit dem Hut in der Hand unbeweglich auf seinem Platze stehen.

Er nahm das Blatt Papier und den Brief des indischen Fürsten aus der Tasche, zog den Bleistift aus dem Notizbuch und schrieb in Kurzschrift auf den Zettel:

»Geliebtes Geschöpf!
Lies den Brief und sorge Dich nicht. Die Angelegenheit scheint durchaus ernsthaft zu sein. Ich habe die Reise antreten müssen, benachrichtige Dich gegen den Willen meines geheimnisvollen Auftraggebers. Nochmals, sorge Dich nicht. Morgen depeschiere ich Dir ausführlich. Sobald ich selbst das Nähere weiß, bitte ich Dich, mir nachzukommen. Ich hielt mich nicht für berechtigt, das große Los als Mensch und Baumeister zurückzuweisen. Ich küsse Dich auf Deine beiden geliebten Augen!

Michael.«

Er steckte den Zettel in den Briefumschlag des Fürsten und legte ihn auf sein Kopfkissen. Dann schaltete er das Licht aus und verließ das Zimmer, die Tür hinter sich ins Schloß ziehend.
»Gehen wir!« sagte er.
Der Inder verbeugte sich. Er sah mit einem unbeweglichen Gesicht zu Boden.
Fürbringer ging im voraus auf den Flur und rief nach dem Diener.
»Ich will ausgehen«, sagte er.
Während der Diener ihm in den Mantel half, sagte er laut genug, um auch von dem Inder verstanden zu werden: »Wenn meine Frau nach Hause kommt, dann melden Sie ihr, daß ich den Besuch eines Herrn empfangen hätte, der mich veranlaßt habe, in einer außerordentlichen Berufsangelegenheit sofort zu verreisen. Ich ließe sie bitten, sich ja keine Sorge zu machen – ich fühlte mich vollkommen gesund und würde ihr morgen früh auf telegraphischem Wege ausführliche Nachricht zukommen lassen.«
»Jawohl, gnädiger Herr«, antwortete der Diener mit einem Blick über die Schulter seines Herrn.
Unwillkürlich drehte Fürbringer sich um.

Hinter ihm stand der Inder.
Fürbringer nickte dem Diener zu, setzte den Hut auf und schritt nach der Haustür.
Als er den Garten betrat, empfand er die warme und feuchte Süßigkeit der Märzluft fast lähmend. Er sog sie tief in sich hinein, um ihrer Herr zu werden. Die große Verheißung des Werdenden begann ihn zu erfüllen.
Vor der Gartentür stand das Auto, von dem der Inder gesprochen hatte. Der Lenker sprang vom Führersitz und warf den Motor an. Das beizende Licht der Scheinwerfer fiel auf seine asiatischen Züge. Er grüßte und schwang sich auf seinen Platz zurück, die Hände ans Steuerrad legend.
Fürbringer stieg in den Wagen. Das weiche Licht der elektrischen Lampen glühte auf. Der Inder legte ihm die Pelzdecke über die Knie, schloß die Tür und setzte sich neben den Fahrer. Leise wie ein Gespenst glitt der Wagen über den regenfeuchten Asphalt. Nach kürzester Fahrt hielt er am Bahnhof; der Inder sprang ab und riß den Schlag auf; Fürbringer stieg aus.
»Wem gehört der Wagen?« fragte er.
»Dir«, antwortete der Inder.
Fürbringer entgegnete nichts. Er stieg die Treppe zum Bahnhof hinauf und sah den Schatten des Inders, vom Spiel der Bogenlampen verdreifacht, neben sich die Stufen erklimmen.
»Mit welchem Zuge fahren wir?« erkundigte er sich, über die Schulter sprechend.
»Der Sonderzug des Fürsten wartet auf dich, Sahib«, sagte der Inder.
»Und wohin fahren wir?«
»Nach Genua.«
»Von Genua aus mit dem Schiff?«
»Ja, Sahib. Mit der Jacht des Fürsten.«
Fürbringer fragte nicht weiter.
Als er, eine Zigarette rauchend, im Klubsessel an einem Fenster des Wohnwagens saß und das unendlich behutsame Rollen der Räder unter seinen Füßen spürte, trat der Inder ein und auf ihn zu...

»Du hattest dies vergessen, Sahib«, sagte er halblaut und legte einen Brief auf den bronzenen Rauchtisch.
Fürbringer griff danach. Es war das Schreiben des Fürsten; in ihm lag der Zettel, den er an seine Frau geschrieben hatte.
»Gute Nacht, Sahib«, sagte der Inder.
»Gute Nacht ...«

II

An Bord der »Eschnapur«, im März

Geliebte Frau!

Meine beiden Depeschen und den Brief, den ich in Genua zur Post gab, hast Du hoffentlich bekommen und sorgst Dich nicht mehr, wenn Du auch gewiß noch immer ebensowenig wie ich begreifen wirst, was dies alles zu bedeuten hat. Wissen möchte ich eins: Ob Du verstehen kannst, warum ich es auf mich nahm, Deine liebevolle Seele einer langen Unruhe preiszugeben, um die Laune eines Unbekannten zu erfüllen. Es war nicht Ehrgeiz oder Ruhmsucht in der nackten Bedeutung ihres Namens, es war weit mehr die plötzliche Erkenntnis, vor der Möglichkeit einer Selbsterfüllung zu stehen, wie sie das Leben unter tausend Menschen nur *einem* bietet – und auch diesem nur in einer einzigen Stunde. Du, die meine Pläne und geträumten Entwürfe liebte, mehr als ich selbst sie lieben konnte, die den Rausch des Entwerfens und Schaffens mit mir teilte wie einen Kuß, Du wärest der letzte Mensch gewesen, der sich zwischen mich und ein Ziel von so unerhörter Größe gestellt hätte – darauf habe ich vertraut, und darum bin ich gegangen.

Es scheint nun doch, als ob das Unausdenkbare zu Wirklichem werden sollte; ich bin an Bord der Jacht, die mich nach Indien bringt – nach dem Lande, über dessen Bildern, Sagen und Ungeheuerlichkeiten wir am liebsten träumten, wenn uns der Vorfrühling im Blute saß und wir Wanderpläne machten, denen die Welt zu klein war. Und Du warst so kühn wie ein junger Adler im Fernflug Deiner lieben Seele ...

Daß Du jetzt nicht bei mir bist, Irene ...

Ich sitze an Deck unter dem Sonnensegel und atme die frische Luft des Mittelmeeres, die wir beide kennen – die ganz gesättigt ist von jenem Duft, den kein anderes Meer der Erde hat, dem Duft nach Edelfäule, nach der verruchten Schönheit der Levante. Die vollkommene Stille der Fahrt wird nur gebrochen vom Geräusch der

Schiffsmaschinen, deren Kraft das feine Fahrzeug zittern macht. Diesel-Motoren gehören auf den Ozean. Auf den homerischen Wassern aber dürften nur braune Segel über schöngeschnäbelten Schiffen sich wölben, oder weiter gen Osten die prunkenden Barken der Kleopatra. Es liegt über diesen Wellen, die sich so völlig dem Schiffskörper hinbreiten, eine zugleich heitere und lässige Sinnlichkeit, die Klang werden will; niemals habe ich so gut wie jetzt verstanden, woher dem blinden Götterseher das holde Märchen der Sirenen kam.

In einem Märchen scheine auch ich zu leben; der dienstwillige Geist aus der Wunderlampe Aladins steht mir zu Befehl. Nur, daß er indische Züge trägt. Wahrhaftig, ich bin neugierig darauf, den Mann kennenzulernen, der mit Millionen spielt wie ein Knabe mit Murmeln. Vielleicht ist er ein halber Narr, vielleicht auch ein ganzer. Seine Diener scheinen ihn für einen Gott zu halten. Die Art, mit der sie seinen Namen nennen, kommt einem Kniefall außerordentlich nahe. Ihr Gehorsam in seinen Willen ist vollkommen und von der Unfehlbarkeit seines Willens überzeugt. Dennoch weiß ich schon heute, daß sie ihn nicht lieben.

Was kümmert das mich? Ich will das Grabmal seiner Geliebten bauen. Weiter nichts. Und das soll schön werden, Du ... Es steht vor mir, als wäre es mir in die Augen geätzt. Halbe Nächte hindurch habe ich daran gezeichnet. Ich habe es nicht entworfen – es war da. Ich brauche es nur in Steine zu setzen, wie die Begnadeten ein Lied in Töne setzen, und es soll sich selber singen.

Irene, ich schreibe an Dich, als nähme meine Seele ein Bad. Das Fieber der Erwartung hat mich gepackt. Das Land der großen Wunder wird sich vor mir auftun, das Land, dessen Namen niemand kennt; tausend Heiligtümer, unseren Sinnen ebenso fremd wie unseren Gehirnen, werden sich mir offenbaren. Sie dürfen es getrost, sie bleiben uns dennoch verschlossen. Darum lächeln sie auch, die indischen Götter.

Vielleicht hat auch der Mann, der mich rief, damit ich seiner Geliebten ein Grabmal baue, das ihrer Schönheit würdig sei, das gleiche Lächeln um seine asiatischen Lippen, dieses Lächeln der maßlos Herrschenden, denen ein Menschenleben nicht mehr ist als die Rauchwolke eines Opferfeuers. Denn wenn auch sein Reichtum sich an den Spielereien europäischer Technik ergötzt und die Großbanken der Welt sich vor seinem Namenszug verbeugen – wo finden wir, Kinder der gemäßigten Zone, den Eingang zu einer Menschenseele, die ihre Trauer um eine schöne Frau nicht anders zu sättigen weiß als in Orgien des Marmors, in Strömen von Silber und den Flammenausbrüchen reinen Goldes? ...«

An diesen Brief, den er seiner Frau an Bord der »Eschnapur« geschrieben hatte, mußte Michael Fürbringer denken, als er nach einer Fahrt von nahezu zehn Tagen, in denen er das Auto kaum verlassen hatte, in Eschnapur angekommen, bei Nacht die Hauptstadt und den Palast des Fürsten erreichte, und, aus halbem Schlafe aufgerüttelt, von dem Inder, der den Schlag des Autos öffnete, die Meldung empfing, daß Seine Hoheit der Radschah von Eschnapur gekommen sei, den fremden Sahib zu begrüßen.
Der erste Eindruck, den Fürbringer gewann, als er den Wagen verlassen hatte und sich umsah, war ein überwältigendes Chaos von Rot und Schwarz.
Gerade vor ihm erhob sich ein steinernes Tor von den ungeheuren Maßen eines Domes. Rechts und links auf seinen Schultern reckten sich zwei Türme auf, stumpf, schwerlastend, ohne den Himmel zu suchen. Von ihren Plattformen loderten die Flammen zweier Feuerstöße, die errichtet schienen, die Wolken zu rösten und die Nacht zu Asche zu verbrennen. Rauch stieg von ihnen auf, einen neuen Himmel schaffend; über ihm war das Nichts. Seine lastende Schwärze war durchsprüht von blutroten Funken, die in trägen Tropfen niedertauten und starben, ohne ans Ziel zu gelangen.
Vor dem Tore dehnte sich ein Platz, seine in der Dunkelheit uferlose Breite ließ ihn leer erscheinen, obwohl er, von Geschöpfen wimmelnd, einem Hafen für das Lebendige glich, das aus dem Innern der Erde an ihre Oberfläche gedrungen war und vergebens in

den Schoß der Tiefe zurückstrebte. Jeder Mensch, der im Umkreis des Platzes Atem holte, trug eine Favkel, bei deren schwelendem, blutrünstigym Licht er etwas Unersetzliches ewig vergebens zu suchen schien.

Aber die Fackeln erhellten die Dunkelheit nicht, sie machten das Schwarz nur schwerer durch ihr gleichsam verfluchtes Rot. Die Gesichter der Menschen hatten keine Augen. Schattenhöhlen lagen darin.

Das einzig Unbewegliche im Wogen der beiden Farben waren die Elefanten, die, riesenhaft aufwachsend über dem Gewimmel der Fackelträger, mit ihren ungeheuren Leibern rechts und links zwei lebendige Mauern bildeten bis zu den flammenden Türmen des Tores. Sie alle trugen den Rüssel über die Stirnen geschwungen. Steinernen Kolossen glichen sie. Auf ihren Nacken thronten die Wächter, regungslos wie sie, die rechte Hand auf der Hüfte, Schattenrisse gegen die Glut der qualmenden Brände.

Ein Brausen von Tönen war in der Luft, nicht laut, ferner Meeresbrandung gleichend. Erz dröhnte. Wenn dem Weihrauch eine Stimme verliehen worden wäre, dann hätte sie diesem Laut gleichen müssen. Er legte sich wie eine Maske, berauschenden Duftes voll, lähmend und aufreizend zugleich, auf alle Sinne.

Und Michael Fürbringer, aus der Dämmerung des Halbschlafs einer tiefen Erschöpfung plötzlich hineingestellt in den tosenden Wettstreit von Glut und Finsternis, schloß unwillkürlich die Augen und beugte den Nacken unter die Last des Nieerlebten.

Bis eine fremde Stimme seinen Namen nannte: »Herr Fürbringer?«

Er blickte auf ...

Seine Hoheit, der Fürst von Eschnapur, hatte mit diesem Briefe, den er an den Erbauer des Hauses auf dem Roten Hügel schrieb, eine gefälschte Besuchskarte abgegeben.

Der Mann, der vor Michael Fürbringer stand und mit einer ungemein verbindlichen Bewegung ihm die Hand entgegenstreckte – eine kräftige, kühle, langgliedrige Hand – war sicherlich vielfacher Millionär, war der Besitzer von Sonderzügen, Kraftwagen und

Jachten, war mit ziemlicher Sicherheit ein ausgezeichneter Schütze, ein hervorragender Polospieler und ein kaltblütiger Reiter, aber er war nicht der Mann, der die Erde durchforscht hatte, um für das Grabmal einer schönen, toten Frau den erwählten Baumeister zu finden. Oder er fälschte sich in dieser Stunde selbst, maskierte sich mit Hilfe eines Londoner Schneiders, gefiel sich in der Rolle eines Weltmanns, der die europäischen Sitten kannte und mit einer gewissen Selbstverständlichkeit nachahmte, ohne sich der persönlichen Anmut in ihrer Handhabung zu begeben. Es lag durchaus nichts Geheimnisvolles über diesem Menschen; aber vielleicht war dies sein größtes Geheimnis.

»Es ist sehr liebenswürdig von Ihnen, daß Sie gekommen sind«, sagte der Fürst in einem sehr reinen und mühelosen Deutsch. »Es hat mir nur leid getan, daß ich Ihnen die Beschwerden der großen Reise nicht ersparen konnte. Ich hoffe, daß Sie mit Ihren Dienern zufrieden waren?«

»Vollkommen, Hoheit«, entgegnete Fürbringer.

»Es ist gut«, sagte der Fürst mit einem gleichgültigen Blick nach der Stelle, wo die Dienerschaft Fürbringers stand. »Sie wußten, was sie erwartete, wenn ich in Ihrer Antwort den Schatten der Unzufriedenheit gefunden hätte. Sie werden ermüdet sein – gehen wir ins Haus!«

»Ich bin nicht ermüdet, Hoheit«, antwortete Fürbringer und blieb stehen. »Die Sorgfalt, die auf Befehl Eurer Hoheit während der Reise auf meine Pflege verwendet wurde, machte die Fahrt von Wochen zum Genuß. Und ich möchte den Palast Eurer Hoheit nicht betreten, ohne Eurer Hoheit zu sagen, wie angefüllt von Arbeitsfreude und wie dankbar für den Auftrag, den Eure Hoheit mir zuteil werden ließen, ich herübergekommen bin. Freilich möchte ich wünschen, daß der Anlaß zu diesem Auftrag ein weniger schmerzlicher wäre. Ich kenne die Sitten dieses Landes zu wenig, um zu wissen, ob ich jetzt eine Taktlosigkeit begehe, sonst würde ich Eurer Hoheit die Versicherung meiner aufrichtigsten Teilnahme auszusprechen mir erlauben.«

»Die Sitten dieses Landes«, sagte der Fürst etwas nebensächlich,

»verlangen, daß man von den Frauen nicht spricht. Aber erstens kümmere ich mich nicht um die Sitten dieses Landes, soweit sie meinen persönlichen Liebhabereien nicht entsprechen, und zweitens wäre das Thema in unserem besonderen Falle kaum zu vermeiden ... Aber lassen wir das jetzt. Vor allen Dingen danken Sie mir nicht; die Menschen haben selten Grund, einander zu danken. Ich selbst verdiene niemals Dank. Auch verzeihen Sie, Herr Fürbringer, wenn ich Sie bitte, nicht allzuoft meines Titels Erwähnung zu tun. Es macht die Unterhaltung so umständlich. Ein Satz – drei Schritte, ein Kniefall ... Das ist sehr zeitraubend, nicht wahr? Und wir wollen, wenn wir sie verschwenden, die Zeit den Köstlichkeiten des Lebens geben. Noch einmal, ich heiße Sie willkommen!«

Michael Fürbringer verneigte sich stumm.

Sie gingen über den Platz, dem Tor mit den flammenden Türmen zu. Wo sie vorüberschritten, sanken die ungeheuren Leiber der Elefanten in die Knie und neigten die Köpfe bis auf den Marmor des Bodens. Irgendein geheimnisvolles blutrotes Mal flammte auf ihren Stirnen.

Die Fackeln der Zehntausend, die den Platz erfüllten, gerieten ins Taumeln. Sie drängten sich durcheinander, rechts und links hinter den knienden Elefanten, verwirrten und entknäuelten sich wie in der Trunkenheit eines aberwitzigen Tanzes. Riesenhafte, verzerrte Schatten sprangen an den Säulen des Tores hinauf, dessen tausend steinerne Bildwerke, die seine Flächen bedeckten, sich zu beleben schienen am Rausch dieser Nacht des Willkommens. Tierfratzen grinsten hernieder. Die Hölle der Unzucht brach auf und spie ihre wahnsinnigen Bilder aus. Mitten unter ihnen, sanftmütig und heilig, thronte Nandi, Schiwas Stier.

Sie traten unter den Torbogen und schritten in die Finsternis; der Laut ihrer Füße fing sich, zu Atemlosigkeit gehetzt, in unentwirrbarer Höhe, die keinen Ausweg hatte. Die Fackeln blieben hinter ihnen zurück, als hätten die, in deren Händen sie schwelten, nicht Mut noch Recht, das Jenseits des neunfach getürmten Tores zu erstreben, dessen sanftes, dunkles Luftblau die niedertropfenden

Formen des Gewölbes an seinem Ausgang mit unendlicher Weichheit bespülte.
Sie erreichten das Ende des Torwegs; das erlösende Blau nahm sie auf. Im selben Augenblick dröhnte von der Höhe der Tortürme der brüllende Schrei einer Tuba, dreimal wiederholt.
»Gut, gut – sie sind wachsam da oben«, sagte der Radschah halblaut. Es war dem Ton seiner Stimme anzuhören, daß er zufrieden lächelte.
Fürbringer wollte eine Frage stellen; aber er stellte sie nicht. Er blieb stehen, mit offenen Lippen geradeaus starrend ...
Vor ihm, keine zwanzig Schritte vom Ausgang des Tores entfernt, lag ein See, ein unendliches Viereck, in Marmorquadern eingefaßt. Das doppeltürmige Tor erhob sich genau in der Mitte des diesseitigen Ufers, das sich nach rechts und links schnurgerade hinzog. Und wiederum genau in der Mitte des Sees wuchs eine Insel aus dem Wasser empor, in dessen Regungslosigkeit sich wenige große Sterne spiegelten.
Beim ersten Ton der Tuba begann die Insel sich zu erhellen. Aus unsichtbaren, sich ganz verschmelzenden, gleichmäßig spendenden Quellen strömte ein sanftes Licht von der vollkommenen Weiße des Schnees und überflutete die Insel, ständig wachsend an Kraft und Fülle, als sollte das Bestrahlte aufgelöst werden in Licht. Der Schein kam nicht vom Ufer her; er ließ das Wasser in samtner Dunkelheit liegen. Er brach aus der Insel selbst hervor, flammenloses, weißes Feuer.
Und Michael Fürbringer erkannte, daß die ganze Insel ein einziges Gebäude war, ein Palast, schneeweiß wie das Licht, tausendtürmig, hochgekuppelt. Er überragte an Höhe die neunmal aufeinandergewälzten Stockwerke des Tores. Und seine Schönheit lag, sich verdoppelnd, als Spiegelbild, regungslos aufgelöst in Weichheit im dunklen Wasser des Sees.
»Mein Gott ...«, murmelte Michael Fürbringer. Er hatte die Schale des Schauens an die Lippen gesetzt und sog den Rausch in sich hinein.
Der Radscha sah ihn an und lächelte.

»Kommen Sie!« sagte er liebenswürdig.
Fürbringer folgte ihm, ohne zu wissen, wohin er die Füße setzte. Seine Augen hingen in vollkommener Trunkenheit an dem aufgeblühten, weißen Wunder der Insel.
Jemand griff seinen Arm: »Falle nicht, Sahib!«
Er stand am Ufer. Stufen, weiße Marmorstufen führten zum Wasser hin. An der letzten, die unter seinen Spiegel versank, lag ein Boot. Vier braune, nackte Menschen hielten die Ruder wie Schwingen der Libelle über dem Wasser ausgestreckt. Auf den geschnitzten Bänken lagen purpurne Kissen.
»Steige ab, Sahib, und setze dich!« sagte der Mann, der das Steuer hielt, mit einer Art feierlicher Demut.
Fürbringer gehorchte. Er setzte sich dem Fürsten gegenüber, der dem Palast den Rücken wandte. Und als er einmal, ohne zu wissen warum, seine Augen von der schimmernden Insel löste und dem Herrn über soviel Schönheit ins Antlitz schaute, sah er, in der Ungewißheit des Lichts, das die Feuerbrände des Tores herübersandten, daß dieses bräunliche, von Höflichkeit gemeisterte Asiatenantlitz im Augenblick, da es sich unbeobachtet wähnte, förmlich ertrunken war in den aufsteigenden Blutwogen eines Hasses und einer Bitterkeit, für die das Abendland keinen Raum, keinen Namen und keine Sättigung besaß.

III

Fürbringer sah sich in seinem Zimmer um. Es hätte nach der Art seiner Einrichtung besser in ein modernes, europäisches Hotel als in einen indischen Palast gepaßt. Von dem niedrigen, breiten Bett bis zum Schuhbock hinunter war jedes Möbelstück von jener verbindlichen Zweckmäßigkeit, die in ihrer Vollkommenheit an Schönheit grenzt. Nur daß kein Teppich auf den Marmorfliesen lag. »Es ist besser so«, hatte der Fürst gesagt, als er sich wegen dieses Mangels entschuldigte. »Der Kobras wegen ...«

Die Fensterhöhlen, in schöne Konturen von Blumen auslaufend, hatten kein Glas. Vier verschiedenartige Rolläden, übereinander angebracht, schützten das durchsichtige Gewebe, das, den Augen kaum wahrnehmbar, Schutz gegen die Moskitos gewährte. Der zarte, straff gespannte Schleier zitterte unter dem Anprall ihrer schwirrenden Leiber. Das milde Licht der elektrischen Flammen, die in Marmorschalen von der Farbe rauchigen Bernsteins, tiefschwarz geädert, brannten, lockte die Todessüchtigen an.

Im Nebenraum ließ Nissa das Wasser in die Badewanne. Seine nackten, dunkelbraunen Füße glitten völlig lautlos über den Marmor des Bodens.

Fürbringer hatte das Gefühl, von einem Schatten bedient zu werden; und Nissa war der Anführer von zwölf. Der Stumpfsinn seines Gehorsams verneinte sein Menschentum; wenn er kein Geist war, so war er ein Tier. Und ein Anführer von Geistern oder Tieren.

Nach dem Bad legte Fürbringer sich ins Bett und versuchte zu schlafen; es gelang ihm nicht. Er hatte das Licht ausgelöscht; aber die Dunkelheit, die um ihn her war, schien nicht die Nacht zu sein. Sie war gleichsam rund wie ein Ball, der jeden Augenblick ins Rollen geraten konnte, und der Mensch lag in seiner Mitte. Fürbringer setzte sich im Bett auf und lauschte in die Stille. Er hörte etwas – er wußte nicht, was. Es klang wie das ruhelose, unregelmäßige Hin- und Wiederschreiten von weichbeschuhten Füßen, unbestimmt an Zahl. Er hatte es vorher nicht vernommen. Nun, in der vollkommenen Stille, war es da, aufreizend und peinigend in seiner Unerklärtheit.

Fürbringer suchte mit der ausgestreckten Hand nach dem Lichtschalter der Nachttischlampe. Er fand ihn nicht. Er stieß an das Glas, das ihm Nissa, mit Eisstückchen gefüllt, ans Bett gestellt hatte. Es fiel und zersprang auf dem Steinboden.

Seinem Klirren antwortete ein Laut, irgendwo – ein ärgerliches und erschrecktes Fauchen.

Eine Tür öffnete sich in der Dunkelheit; die Marmorschalen an der Decke füllten sich mit ihrem schönen, beschwichtigenden Licht.

»Nissa!«

»Sahib?«

»Wer geht da in der Nacht noch immer auf und ab?«

Die gänzlich ausdruckslosen Glutaugen des Dieners starrten ihn an. Er hatte deutsch gesprochen. Er wiederholte die Frage englisch.

Nissa horchte.

»Es sind die Tiger, Sahib«, sagte er gleichmütig.

Er bückte sich, um die Scherben aufzuheben.

Fürbringer sah ihm gedankenlos zu.

Auf seinem Wege vom Boot in dieses Zimmer hatte er sie gesehen, die schönen, starken Katzen. Als er mit dem Fürsten die Flucht der Säulenhallen durchschritt, waren sie auch über einen Hof gekommen, der, hochummauert, ein enges Viereck, dem inneren Palaste vorgelagert schien.

Da hatte er sie gesehen, wie sie aufstanden, sich reckend, dem Licht der Fackeln die sprühenden Augen verschließend; ihre langen Ketten klirrten auf dem Steingrund. Als sie den Herrn des Palastes erkannten, duckten sie sich und murrten leise. Der große Haß der Angst schürte das Feuer ihrer Augen.

»Seien Sie unbesorgt«, sagte der Fürst mit einem Blick nach den Gefesselten. »Dies ist ein wenig Theaterdekoration, wenn auch das Stück, zu dem sie gehören würden, noch nicht oder nicht mehr vorhanden ist. Ich fing die beiden, als sie sich, toll vor Furcht, von der Raserei der Menschen und Hunde unter die Veranda eines meiner Jagdhäuser geflüchtet hatten. Da ich sie schön fand, nahm ich sie mit. Und manchmal liebe ich es, ihnen zuzusehen, wenn sie am Mittag neben dem kleinen Brunnen in der Sonne liegen und die Pranken vor sich hinstrecken. Wenn sie mich sehen, wünschen mir ihre Augen den Tod. Und ich liebe ihren Haß. Er ist ohne Lüge. Es gibt nichts in der Welt, das ohne Lüge wäre, außer dem Haß.«

Michael Fürbringer hatte das Gesicht des Fürsten nicht sehen können, während er sprach. Aber er hatte den Ausdruck dieses Gesichts entdeckt, als der Widerschein der Feuer es im Boot erhellt hatte. Der Klang seiner Worte blieb ihm im Ohr wie ihr Sinn.

»Kannst du nicht schlafen, Sahib?« fragte der Diener.

Fürbringer gab keine Antwort.

»Gib mir zu trinken!« sagte er.

Der Diener verschwand.

Fürbringer stand auf und setzte sich im Schlafanzug an eines der Fenster. Durch ein Gewebe, dünner als ein Blatt, von ihm getrennt, lag da draußen, was er nicht kannte – die indische Nacht. Und er spürte ihre glühende Dunkelheit, die angefüllt war mit Wesen, die nur in ihr lebendig waren und ruhelos umhergetrieben wurden, gleich einem schabenden Messer an der Wurzel seiner Nerven. Alles, was er seit seiner Ankunft gesehen und erlebt hatte, war aufgereckt ins Ungeheuerliche, verzerrt und spukhaft.

Noch schmerzten ihm die Augen von dem Orkan der Farben, der sie bestürmt hatte; das Tosen des Erzes, die Brandung der Menschenstimmen verstopfte ihm noch das Ohr.

Noch immer glitt er in einem Boote, das stumme, nackte Menschen ruderten, über die Schwärze eines Wassers, dessen Grund am Mittelpunkt der Erde zu liegen schien.

Noch immer sah er, hingegeistert in die Lichtlosigkeit einer Nacht, in der kein Mond am Himmel stand, das weiße Wunder der Palastinsel vor sich. Seine Füße schritten über tausend Stufen; an tausend Säulen stieß sich der Hall seiner Tritte. Er sah die Schluß-

ringe von zwei eisernen Ketten an schwarzen Säulen und an den Hälsen sich duckender Raubtiere.
Aber dies alles war nicht das Wesentliche. Das Wesentliche war der Ausdruck im Gesicht des Mannes, der mit ihm über den grundlos erscheinenden See gefahren war und vom Haß der Geschöpfe wie von einer Erquickung sprach.
An dieser jäh enthüllten Nacktheit von Gefühlen, die den Tag um sich selbst betrogen, hatte sich das Fieber dieser Nacht entzündet, an dem sein Pulsschlag krankte. Die Luft schien angefüllt mit Schwingungen, die dem Schreck entstammten und ihn zeugten. Wie mit gelähmten Fersen hockte die Dunkelheit über dem Palast und quälte das Lebendige.
Unten in der völligen Dunkelheit des Hofes liefen die Tiger hin und her. Sie schienen ihrer Ketten ledig zu sein. Sie gaben keinen Laut von sich.
Der Diener trat wieder ein, ein Glas tragend, das beschlagen war von der Eiskühle seines Inhalts.
»Seine Hoheit der Fürst schickt dir dieses Getränk, Sahib. Er läßt dir sagen: ›Trinke, denn ich will, daß du schläfst unter dem Dache meines Hauses‹.«
Fürbringer trank. Er schmeckte nichts als den ungesüßten Saft der Ananas. Er legte sich nieder, ohne die Augen zu schließen. Wie eine langsame, kühle Welle fühlte er eine tiefe Gleichgültigkeit gegen alles Bestehende in sich aufsteigen.
Er folgte den Bewegungen des Dieners mit Blicken, die auf halbem Weg vergaßen, wohin sie ursprünglich wollten, und am Nebensächlichen haften blieben, bis sie sich seiner bewußt wurden.
Das letzte, dessen er gewahr wurde, ehe ihm die Augen zufielen, war, daß Nissa an das Kopfende seines Bettes trat und den Punka in Bewegung setzte. Unter dem weichen Schwingen des Windfächers schlief er ein . . .
Er hatte einen merkwürdigen Traum; wenigstens hielt er es für einen Traum, aber er hatte der Wirklichkeit alle Züge entliehen.
Er träumte, daß ihn Stimmen weckten, die im Hofe unter seinen Fenstern laut wurden. Die Stimmen eines Mannes und einer Frau.

Die, denen sie gehörten, gingen ruhig nebeneinander her, vom östlichen nach dem westlichen Tore.
Der Mann sagte:
»Er wird es tun.«
Die Frau antwortete:
»Er wird es nicht tun.«
Und abermals sprach der Mann:
»Er wird es tun.«
Dann war Stille.
Die Stimme des Mannes war die des Fürsten. Die andere gehörte Irene, Fürbringers Frau.
Michael Fürbringer lag mit offenen Augen. Die fast greifbare Lebhaftigkeit des Traumes hatte ihn aus dem Schlaf gescheucht. Er horchte. Er hörte nichts. Nur das regelmäßige, weiche Flügelschlagen des Punka ging über sein Bett hin.
»Nissa?«
»Ja, Sahib?«
»Warst du die ganze Zeit hier?«
»Ja, Sahib.«
»Hast du eben Stimmen gehört – die Stimme eines Mannes und einer Frau?«
Nach einer Weile kam die Antwort des Inders, eintönig wie der Tropfenfall langsamen Regens:
»Du hast geträumt, Sahib ...«
Fürbringer schwieg.
Trotz der Sinnlosigkeit dieser Vorstellung war er jetzt fest davon überzeugt, nicht geträumt zu haben. Ich muß meine Nerven in die Hand nehmen, dachte er. Sie spielen mir einen Streich nach dem andern. Und vielleicht brauche ich sie, und ihre Spannkraft muß zuverlässig sein.
Er griff nach seiner Taschenuhr und ließ sie schlagen. Sie schlug fünfmal.
»Geh zu Bett, Nissa; ich brauche dich nicht mehr«, sagte er zu dem Diener.
Der Diener ging; geräuschlos schloß sich die Türe hinter ihm.

Aber der Schlaf, den Fürbringer sich ersehnte, blieb ihm fern. Er sah die Nacht von seinen Fenstern weichen; die Gegenstände des Zimmers gewannen ihr Gesicht zurück. Der Tag war da.
Eine halbe Stunde später, als er in dem achtfenstrigen Saal, der ihm als Wohnzimmer dienen sollte, das Frühstück eingenommen hatte, ließ sich der Fürst bei ihm melden.
Fürbringer ging ihm entgegen. Zum ersten Male sah er die Züge des Radscha in natürlicher Beleuchtung, und er war, als er sie betrachtete, sehr geneigt, die verworrenen Eindrücke der Nacht vor sich selbst zu widerrufen.
Der Inder, der ihm den Brief des Fürsten überreichte, hatte gesagt, daß sein Herr noch jung sei. Sicherlich mußte er es wissen. Was Fürbringer vor sich sah, war ein zeitloses Gesicht, ohne Leidenschaften, ohne Schwermut. Es war das Gesicht eines Mannes, der nicht weiß, was Widerstand ist, der nichts verehrt und viel verachtet, und dessen Spott ohne Gutmütigkeit ist.
»Guten Morgen!« grüßte der Fürst, Fürbringer die Hand schüttelnd. »Ich hörte, Sie hatten keine gute Nacht. Das war zu erwarten. Nach einer Reise von nahezu acht Wochen mit einer Art Kopfsprung mitten hinein in die Quintessenz des indischen Lebens springen zu müssen, ist eine starke Zumutung für die Nerven eines Europäers. Man muß sich an dieses Land gewöhnen. Ich glaube kaum, daß es allen Indern gelingt. Für den, der sie durchwacht, sind die indischen Nächte etwas Entsetzliches. Darum hoffe ich, daß Sie in Zukunft sie verschlafen.«
»Das hoffe ich auch«, sagte Fürbringer. Er sah den Fürsten unentwegt an. »Machen Sie sich um mich keine Sorge, Hoheit – ich bin eine zähe Natur. Was in mir den Eindrücken dieses Landes unterworfen ist – und sich ihnen gern unterwirft –, das ist der Künstler, nicht der Mann. Sollte der Mann neben dem Künstler vor irgendeine Aufgabe gestellt werden, so wird er ihr gewachsen sein.«
»Das freut mich«, antwortete der Fürst; er lächelte dabei. »Es gibt sehr wenig Männer hierzulande; weder als Freunde noch als Gegner sind sie zu gebrauchen. Und die letzteren vermißt man

zuweilen am stärksten ... Übrigens eine Frage an den Künstler: Fühlen Sie sich frisch genug, einen Morgenritt mit mir zu machen?«

»Selbstverständlich, Hoheit.«

»Ich möchte Ihnen die Stelle zeigen, wo ich das Grabmal erbaut haben will. Der Reitanzug, den Nissa für Sie zurechtlegen sollte, wird Ihnen hoffentlich passen ... In einer Viertelstunde schicke ich Ihnen Ismael; er bringt Sie zur Bootsstelle. Auf Wiedersehen!«

»Auf Wiedersehen, Hoheit!«

Der Reitanzug paßte; aber Ismael war nicht pünktlich, und Seine Hoheit war es auch nicht.

Fürbringer hätte es nicht nötig gehabt, seinen Führer auf dem Wege durch den Palast so oft und zuletzt so grimmig zur Eile zu mahnen, was freilich keinerlei Wirkung erzielte.

Die dunklen Augen des Moslem sahen ihn verständnislos und fast verächtlich an.

Was, o Mensch, der du weniger bist in der Hand des Allerhalters – gepriesen sei sein Name! – als ein Blatt an einem Mangobaume, was bedeutet eine Viertelstunde im Lauf der Ewigkeit? fragten seine Augen. Es hat keinen Sinn, daß du deinen Atem verschwendest auf den Treppen und unter den Säulenbögen. Du kommst doch keine Sekunde früher ans Ziel, als dir im Buche des Lebens verzeichnet ist.

Während Fürbringer sich die Pfeife stopfte, versuchte er, an die marmorne Brüstung der Seetreppe gelehnt, seiner eigenen Überlegenheit froh, zu ergründen, ob sich Seine Hoheit auf die Unpünktlichkeit Ismaels – oder Ismael sich auf die seines fürstlichen Herrn verlassen hatte.

Es war schon sehr heiß. Der Spiegel des Wassers flimmerte; in großen Funken sprang das Licht von ihm zurück. Jenseits des Sees, über den Türmen des Tores, zitterte die Luft vor Glut und Helligkeit. Die Höhe des weißen Palastes schien aufgelöst in eine Wolke des Glanzes, körperlos, ohne Gewicht.

Ein Vogel, ein brauner Falke, strich südwärts unter der Sonne hin.

»Salaam, o Sahib«, grüßten die Ruderer, die Hände zur Stirn erhebend.
Ihre sanften Gesichter tropften von Schweiß.
Es war ein Zufall, daß Fürbringer die Uhr gerade in dem Augenblick um Rat fragte, als der Fürst aus dem weißen Palast der Insel trat; aber jener faßte die Bewegung auf, und er lächelte wie ein Knabe.
»Sie hätten ihn beizeiten verbrennen sollen, den gefährlichen Handwerker«, sagte er liebenswürdig, »ehe er sich vermaß, die Meere des Unendlichen in Tropfen aufzuteilen und sie den Menschen, die gar nichts damit anzufangen wissen, in die Taschen zu stecken. Dieser mittelalterliche Minutenfänger hat euch zu Sklaven der Zeit gemacht. Wir sind ihre Herren.«
Er sah Fürbringer an; das Lächeln blieb auf seinem Gesicht.
Er bestieg das Boot.
»Kommen Sie!« sagte er. »Wenn Sie glauben, mir widersprechen zu müssen, dann tun Sie es. Ich kenne kaum etwas Reizvolleres, als die Antwort auf einen Widerspruch suchen zu müssen. Sie treibt die Dinge auf die Spitze, und dann erst kommt man ihnen nahe. Nun, was denken Sie?«
»Ich denke, Hoheit«, antwortete Fürbringer, während er sich setzte, »daß man, um Herr der Zeit zu sein, Herr der Ewigkeit sein muß.«
»Um als solcher mit Minuten und Stunden zu geizen?«
»Der Mann, der mir Ihren Brief überbrachte, Hoheit, sagte: ›Es gibt keine Zwillinge unter den Stunden ...‹«
»Ah, Ramigani ... Ramigani ist ein Philosoph. Es ist seine Stärke, den Menschen mit einer gewissen Feierlichkeit Dinge vorzutragen, mit denen sie im täglichen Leben nichts anzufangen wissen. Darin gleicht er den großen Philosophen Europas. Übrigens, wenn Sie Lust bekommen sollten, Einkäufe zu machen, dann stelle ich Ihnen Ramigani zur Verfügung. Er wird für Sie handeln wie für mich selbst und die Betrügerei auf eine vernünftige Grundlage hinabdrücken.«
»Er scheint ein treuer Bursche zu sein«, meinte Fürbringer lächelnd, »und Ihnen grenzenlos ergeben.«
Das Gesicht des Fürsten wurde kalt.

»Ich bezahle ihn gut«, sagte er. »Besser, als andere ihn bezahlen könnten. Das ist alles. Käme einer, der ihm mehr zu bieten vermöchte als ich, so würde er zu jenem gehen und meinen Namen ausspucken wie Betelsaft.«

»Ich glaube, Sie irren sich, Hoheit.«

Der Inder zuckte die Achseln.

»Jeder Mensch hat seinen Preis, um den er feil ist«, sagte er. »Manche sind es um dreißig Silberlinge, andere um hunderttausend Rupien. Die Billigeren bereuen manchmal hintendrein den Verrat und hängen sich auf. Die Teueren finden für ihre Tat ein sittliches Moment und bleiben am Leben. An keiner Börse der Welt ist es so von Wichtigkeit, eine gute Witterung zu haben und zur rechten Zeit viel Geld auszugeben, wie an der Börse, wo man Menschen kauft. Wer die Stunden kennt und ausnutzt, in denen die Seelen fallen, der hat sie alle.«

»Ich hoffe, Sie lassen Ausnahmen gelten, Hoheit«, sagte Fürbringer mit einer etwas betonten Höflichkeit.

»Ich kenne keine«, antwortete der Fürst.

»Halten Sie sich selbst für käuflich?« fragte der Deutsche fest.

Der Inder lächelte.

»Ganz gewiß«, sagte er. »Aber ich fürchte, ich würde außerordentlich teuer sein. Das ist das einzige, worauf es ankommt. Dann ist man im Vorteil gegen den Käufer und gegen das, was ich vorhin das sittliche Moment nannte. Jenseits einer gewissen Summe hat es die Wirkung verloren.«

»Hoheit«, begann Michael Fürbringer und legte die flachen Hände gegeneinander, »falls Sie die Absicht haben sollten, derartige Versuche auch mit mir anzustellen, dann haben Sie die Liebenswürdigkeit, mich wissen zu lassen, wie ich auf dem schnellsten Wege aus Eschnapur hinauskomme. Sie ersparen damit sich selbst wie mir eine höchst peinliche Stunde.«

»Habe ich Sie verletzt?« fragte der Inder kopfschüttelnd. »Nichts konnte weniger in meiner Absicht liegen! Verzeihen Sie, und reden wir von etwas anderem! Wir werden reiten. Lieben Sie's, im Sattel zu sitzen?«

»Wenn der Sattel und das Pferd darunter gut ist ...«
»Ich verbürge mich für beide«, sagte der Fürst aufstehend. Sie hatten das Ufer erreicht, das zur Linken des Palastes auf der Insel lag, und sprangen ans Land. Im Schatten eines ungeheuren Baumwollbaumes, der über und über bedeckt war mit rotblühenden Malven, standen die Pferde, arabisches Blut, mit der prunkvollen Reschmah aufgezäumt.
»Beim Polo bevorzuge ich den englischen Sattel; aber zu einem Spazierritt in die Berge taugt diese wunderbare Erfindung eines Sybariten mehr«, meinte der Fürst.
Michael Fürbringer war stehengeblieben. Plötzlich, mitten in der glühenden Sonne, schüttelte ihn die Kälte. Er öffnete die Lippen, aber er sprach nicht. Er würgte die Worte hinunter.
Vier Diener, tiefbraune Tamilen, das blutrote Mal der Göttin Durga auf der Stirn, standen an den Köpfen der Pferde – eines Rappen und eines Goldfuchses, eines Grauschimmels und eines Falben. Die Schweife der Pferde berührten ihre Hufe, die vergoldet waren. Sie trugen auf ihren Stirnen das Zeichen Schiwas, des Zerstörenden: drei senkrechte Striche, rot, weiß, rot. Sie hatten die Köpfe ihrem Herrn zugewendet; aber sie sahen ihn nicht an.
Sie hatten keine Augen.
In den Höhlen ihrer Augen funkelten ungeheure Kristalle, Halbedelsteine von der Größe einer Kinderfaust, Goldtopase wie Äpfel.
»Es sind die vier schönsten Tiere von fünfhundert«, sagte der Fürst. »Wählen Sie!«
»Ist unter fünfhundert keines mit lebendigen Augen?« fragte Fürbringer.
»Nein«, antwortete der Inder erstaunt. »Würden Sie sie schöner finden als die Opale meines Rappen?«
»Unbedingt«, sagte Fürbringer. In diesem Augenblick haßte er den Inder mit einem kalten, nachhaltigen Haß.
»Das tut mir leid«, meinte der Radscha liebenswürdig. »Aber Sie kennen wahrscheinlich die Vorzüge blinder Pferde nicht. Es gibt kein sanfteres Geschöpf als ein blindes Pferd. Sie wissen nicht, was

Schwindel ist. Ihr Gehorsam ist bedingungslos. Sie haben etwas von den herrlichen Rossen der Sage gewonnen. Und es ist hübsch, wenn die Sonne in ihre strahlenden Augen scheint, oder wenn sie sich am Licht der Fackeln entzünden. Was haben Sie gegen die schönen Augen meiner Pferde?«

Fürbringer war zu dem Goldfuchs getreten und liebkoste den Hals des Pferdes.

»Abgesehen von der Grausamkeit, die in dieser Liebhaberei liegt, finde ich, daß es den Pferden einen ausgesprochen weiblichen Zug verleiht«, sagte er unverbindlich.

Der Radscha lächelte.

»Und Sie lieben das Weibliche nicht?« sagte er etwas vorsichtig.

»Ich liebe es da, wo es hingehört: am Weibe, Hoheit«, meinte Fürbringer, seinerseits lächelnd und entwaffnet.

»Dann hätten Sie nicht nach Indien kommen dürfen«, sagte der Fürst, während er aufstieg.

»Warum nicht?«

»Da haben wir den Deutschen!« meinte der Radscha. »Es gibt kein Volk auf Erden, das mit solcher Leidenschaft fragt wie das deutsche. Wahrscheinlich«, fügte er mit einer gewissen Anmut hinzu, »weiß es darum auch mehr als die anderen. Wenn Ihnen der Goldfuchs gefällt, Herr Fürbringer, dann klettern Sie getrost in Ihren Hörnersattel. Ich weiß aus Erfahrung, daß es schwierig ist, von ihm herunterzufallen. Und während ich die Ehre haben werde, Sie mit dem Herzen von Eschnapur bekannt zu machen, werde ich versuchen, Ihnen an der Hand lehrreicher Beispiele zu erläutern, warum ein Mensch, der das Weibliche nur am Weibe liebt, nicht nach Indien kommen dürfte.«

Fürbringer stieg auf. »Seien Sie versichert, Hoheit, daß Sie an mir den aufmerksamsten Zuhörer haben werden, denn ich liebe dieses Land. Es war die Sehnsucht des Knaben und das Ziel des Mannes. Meine Träume wie meine Pläne haben ihm gegolten.«

»Weil Sie es nicht kannten«, entgegnete der Fürst im langsamen Vorwärtsreiten. »Sie dürfen es mir ruhig glauben, Herr Fürbringer: Wer es kennt, kann Indien nur trotz Indien lieben. Jetzt werden Sie gleich wieder fragen: Warum? Weil Indien ein Weib ist, Herr Fürbringer – das Weib unter den Ländern Asiens. China ist der Greis, der – wer weiß es? – seine Wiedergeburt und nach ihr seine neue Kindheit erleben wird; Japan ist der Mann von dreißig Jahren; Indien ist das Weib. Wenn Sie länger in diesem Lande leben werden, bedürfen Sie zu dieser Behauptung keiner Erläuterung mehr. Wenn sich Ihnen die Seele Indiens erst einmal ganz entschleiert hat, dann werden Sie die Entdeckung machen, daß es keine andere Schönheit hat als Ihren Traum von seiner Schönheit, kein anderes Mysterium als den Betrug, keine Religion als den Wahnsinn.«

»Ich glaube«, sagte Fürbringer, »daß Sie Ihrer Heimat unrecht tun, Hoheit. Wenn ich von Indien nichts anderes zu sehen bekäme als den weißen Palast auf der Insel, von der wir kommen, so wäre mir das schon die Erfüllung einer Traumsehnsucht.«

»Der Palast ist schön; aber er ist nicht indisch – sowenig, wie die Tadsch-bibi-karoza, das Grabmal der Herrin über die Nächte Dschehans, die Ardschamand Banu Begam hieß, und die er ›Auserwählte des Palastes‹ nannte. Wenn Sie im Abendlande an die Märchenbauten Indiens denken, dann denken Sie zunächst an dies marmorne Wunder, das die Engländer in ihrer Kautschuksucht, alles zusammenzuziehen, Tadsch Mahal nennen. Doch der es baute, war ein Abendländer, und der Palast auf der Insel stammt noch aus der gewaltigen Zeit, in der das grüne Banner des Propheten siegreich über Indien war. Ich bin ein Hindu aus Überlieferung, aus Trägheit oder aus Stilgefühl, wenn Sie es so wollen. Aber meine Liebe gehört dem Islam – jene Liebe, die aus bewunderndem Haß erwächst. Indien ist ein Land ohne Geschichte; denn es ist nur ein Kapitel in der Geschichte des Islam. Davor liegt das Chaos, dahinter der Verfall. Uns ist nichts geblieben aus der Kindheit unseres Landes als die erschütternde Schönheit und Wucht seiner Sagen – uns, die wir häßlich und schwach geworden sind. Und was schlimmer ist als dies: wir sind ein Volk ohne Kunst. Denn wir haben in Jahrhunderten nur von den Überresten gezehrt, die aus der Herrschaft des Islams dem Indien von heute verblieben sind, und deren Schönheit uns nicht gehört. Wo wir uns vermaßen, selbst zu schaffen, da brach der steinerne Wahnsinn aus, der mit Kunst ebensowenig oder – soviel zu tun hat wie der Gorilla mit dem Menschen.«

»Verzeihen Sie mir eine Frage, Hoheit!« warf Fürbringer ein. »Wenn das, was Sie sagen, Ihrem innersten Empfinden entspricht –, was soll ich denn hier?«

Der Radscha hielt sein Pferd an, mit einer unwillkürlichen Bewegung, die ansteckend wirkte.

»Das will ich Ihnen sagen«, entgegnete er. »Ich habe alles gesehen, was nach Ihren Plänen gebaut worden ist. Und ich habe gefunden, daß Sie die schlafwandlerische Sicherheit des Künstlers besitzen, für alle Wesen, welcher Art sie auch seien, den höchstgesteigerten Ausdruck zu finden. Sie bauen einer jungen Liebe das Haus auf dem Roten Hügel, und wenn man es sieht, begreift man, daß junge Liebe nirgends anders wohnen kann. Sie bauen eine Kirche, und wer sie sieht, spricht leiser. Sie bauen das Grabmal einer jungen, blonden Frau, und wir, die wir sie nicht gekannt haben, wissen aus ihm, wer sie war. Darum glaube ich, Sie wären der Mann dazu, das Wesen der indischen Kunst zu entdecken.«

»Sie stellen mich damit vor eine ungeheure Aufgabe, Hoheit«, sagte Fürbringer mit verhaltener Stimme.

Der Fürst sah ihn an.

»Zweifeln Sie daran, daß Sie sie lösen werden?« fragte er.

Fürbringer gab keine Antwort.

»Sie werden sie lösen«, fuhr der Radscha fort, mit einer gewissen Schwingungslosigkeit des Tones. »Und ich werde Sie an die Quellen führen, aus denen Sie die Kräfte schöpfen sollen. Sie sollen Indien sehen, das Land, das ein Weib ist – bis auf die Knochen, bis auf das letzte Pochen seines Blutes sollen Sie ihm blicken. Sie sollen den Schleier von allen Geheimnissen ziehen und erkennen, daß es keine Geheimnisse hat. Sie sollen an den Ursprung des Wahnsinns rühren, der ein Volk von vielen Millionen zur höheren Ehre selbst wahnsinniger Götter sich zerfleischen läßt; der Schlangen, Kühe und Affen heiligspricht, der Menschen dazu zwingt, in fürchterlicher Freiwilligkeit mit emporgereckten Armen auf einem Fleck zu stehen, bis ihnen die Fingernägel aus den Handrükken der Fäuste wachsen, auf Nagelbrettern zu schlafen und sich in brennendem Kuhmist zu vergraben. Sie sollen die Tempel kennenlernen, wo die achtarmige Durga, auf ihrem Tiger reitend, die Opfer der Besessenen empfängt, und jene, in denen jede Säule, jedes Bildwerk ein hundertfacher Schrei vom Wahnwitz der Unzucht ist. Sie sollen die Krankheiten dieses Volkes sehen, denn es ist, als wären selbst die Krankheiten vom Irrsinn ergriffen worden. Die Glieder schwellen den Menschen an, bis sie Ganescha gleichen, dem Sohne Schiwas, dem Gotte mit dem Elefantenkopfe. Der Schnee des Aussatzes bedeckt sie wie fressendes Salz, und die Pest reitet auf den Ratten, die keiner zu töten wagt, denn der Hindu darf nicht töten. Und ich will Sie dahin führen, wo die Regierung des abendländischen Kaisers von Indien nicht hingedrungen ist und niemals hindringen wird – in die Häuser, in denen das neugeborene Kind, wenn es ein Mädchen ist, in Milch gelegt wird, um sich den Tod zu trinken. Das ist Indien, Herr Fürbringer – das Indien, dessen Schoß noch keine Kunst geboren hat, und das eben darum von sich selbst noch nicht erlöst werden konnte. Denn immer hat die Kunst das letzte Wort zu sprechen über Zeiten, Menschen und Dinge. Und es ist, als wäre ihre Zeit vorbei, wenn die Kunst sie über sie selbst erhoben hat.«

»Sie sprechen zu mir, Hoheit, als sei ich ein Maler oder ein Bildhauer. Vergessen Sie nicht, daß ich nur ein Baumeister bin!«

»Glauben Sie, daß man die Hölle malen kann oder den Himmel meißeln? Wenn ein Volk oder eine Zeit sich selbst in einem letzten Ausdruck offenbaren wollte, dann konnte es sich nicht mit Gemälden und Bildwerken begnügen. Dann tobte es sich aus in Domen und Palästen. Und ich habe Sie, den Baumeister, gerufen, damit Sie diesem Lande eine Offenbarung seines Wesens geben.«

Der Radscha schwieg; Fürbringer erwiderte nichts. In seinem Gesicht, dessen Lippen schmäler wurden über aufeinandergepreßten Zähnen, spielten die Muskeln. Eine ungeheure Sammlung spannte es an. Er blickte geradeaus über den Kopf seines Pferdes. Die roten Hibiskusblüten hingen über den Weg; er gewahrte sie

als Wesen, nicht als Blumen. Scharen von Eichhörnchen jagten sich um die dicken Stämme der Mangobäume. Grüne Papageien mit roten Halskrausen schienen die Luft mit ihrem gellenden Geschrei gleichsam undurchsichtig zu machen. Fürbringer sah und hörte nichts. Er grübelte. Der Radscha störte ihn mit keinem Wort.
Hätte Fürbringer ihn jetzt angesehen, dann hätte er um die Lippen des Mannes, der auf einem Rappen mit Opalaugen neben ihm ritt, das indische Lächeln gesehen, das die Götter Indiens haben, wenn sie zufrieden sind.
Sie kamen an einen Fluß, der schmal und tief zwischen zerklüfteten Ufern hinströmte. Die Bohlen einer Holzbrücke summten unter dem Hufschlag der Pferde. Dann ging es aufwärts unter Bäumen, in deren Wipfeln sich die Affen jagten. Als sie die Höhe des Berges erreicht hatten, hielt der Radscha sein Pferd an und legte Fürbringer die Hand auf die Zügelfaust.
»Steigen Sie ab!« sagte er und schwang sich selbst aus dem Sattel.
Fürbringer gehorchte. Die blinden Pferde standen regungslos. Ihre Edelsteinaugen funkelten im Halblicht, das unter den Bäumen herrschte. Die beiden Männer schritten dem Rand der Kuppe zu. Die Stämme wichen auseinander.
»Dies ist das Tal, in dem Sie bauen sollen«, sagte der Fürst, die Hand ausstreckend.
Fürbringer stand, ohne sich zu rühren. Er hatte die Lippen geöffnet, aber er sprach nicht. Er holte langsam Atem.
Das Tal war nicht tief; seine große Sanftheit bot sich schattenlos dem breitströmenden Licht der Sonne. Und es lag unter einem Himmel, dessen Blau wie blaues Feuer war, gleich einer Schale, angefüllt mit Proben von allen Schätzen der Erde.
Marmorblöcke, die vierzig Pferde nicht zu bewegen vermocht hätten, waren übereinandergestürzt, fleckenloses Weiß auf fleckenlosem Schwarz; goldgeäderte Quadern wie von erstarrten Strömen Bernsteins; das steingewordene Rosa von den Hälsen der Flamingos.

Kein Baum, kein lebendiges Gewächs zwischen Süden und Norden. Nur Gestein, hundertfarbiges Gestein; das Flimmern des Flusses, Felsbrocken, wie vom Nabel der Erde losgesprengt, gleißend von edlem Erz, dem alle Adern offenlagen.

Jenseits des Tales, unendlich weit hinter den Hügeln, die es nach Norden begrenzten, wuchs das Gebirge auf, ein Thron aus Lazur, auf dem der Himmel ruhte ...

»Bitte, lassen Sie mich einen Augenblick allein, Hoheit!« sagte Michael Fürbringer.

Er setzte sich nieder unter dem Baum, der seine breiten Äste schon über dem Abgrund reckte, stützte das Kinn in die rechte Hand und schaute.

Lautlosen Schrittes war der Inder gegangen.

IV

Zwei Stunden nach dem Mittagessen, das Michael Fürbringer gemeinsam mit dem Fürsten eingenommen hatte, erwartete er ihn in seinem Arbeitszimmer, dem Raum, der sich an den achtfenstrigen Saal anschloß und sein Licht durch die Glaskuppel der Decke empfing. Es fiel von der starken, kaum durchsichtigen Wölbung der großen Höhe wie ein Milchstrom auf den riesenhaften, runden Tisch, dessen Platte aus armdickem, dunkelgrauem Marmor geschnitten war. Als Fürbringer diesen Raum zum erstenmal betrat, hatte er stark daran gezweifelt, daß er gerade in ihm jemals würde arbeiten können. Er war die vollkommene Nüchternheit eines Zimmers gewöhnt, in dem unverhüllte Fenster dünne Mauern durchbrachen und das Tosen des Blutes einer großen Stadt fast ungedämpft einließen. Werkzeuge, Möbel, das Papier auf allen Tischen, die Bilder an den Wänden selbst boten sich, von Helligkeit gebadet, dem Blick und dem Griff; das Arbeiten innerhalb dieser Umgebung war von einer drängenden Fröhlichkeit, dem Ehrgeiz, bald ans Ziel zu gelangen, erfüllt gewesen.

Von alledem bot der Raum, in dem er unter einem neuen Himmel arbeiten sollte, das starke Gegenteil. Die gerundeten Mauern, tiefdunkel, glatt, nur von einer kaum sichtbaren Türe durchbrochen, empfingen kaum einen Schimmer des Lichts, das von der Kuppel in einem ununterbrochenen, ganz senkrechten Regen niederfloß. Da sie dem, der unter diesem Lichte stand, nahezu unsichtbar waren, erweckten sie gleichzeitig den Eindruck von engster Begrenzung und Unendlichkeit, dem Wesen der Finsternis und der Nacht entsprechend. Alle Dinge, die auf dem Tische lagen, schienen ohne Hintergrund zu sein und wurden zu einer Bedeutsamkeit erhoben, die sonst nur Lebendiges hat. Sie warteten.

Und nachdem Michael Fürbringer die erste Stunde in diesem Raum verbracht hatte, war ihm sein Wesen offenbar geworden: Diese Wände in ihrer runden Schwärze und Höhe, das gläserne

Dach, dessen Wölbung aufgelöst schien durch die Gewalt der Sonne, die Unbeirrbarkeit der ruhigen Lichtmasse, die an den Rändern des Tisches festgesponnen schien, und die Dinge, die auf der Marmorplatte lagen – dies alles wartete, war wie erstarrt in einer ungeheuren Spannung, einem Krampf des Wartens.
Und dennoch würde die Arbeit, die in diesem Raum beginnen sollte, nicht zur Eile getrieben werden. Sie würde zeitlos sein. Ob der Mensch, der die Pläne schuf, die Vollendung seines Werkes erleben würde – was hatte dies mit seinem Werk zu tun?
In dem Augenblick, da er die Zeichnungen, die er entworfen hatte, dem weißen Licht, das den Marmortisch überströmte, preisgab, schien es Fürbringer selbst gleichgültig zu sein ...
Diesmal ließ der Fürst nicht auf sich warten. Er trat ein, ohne sich melden zu lassen. Fürbringer wandte sich um; der Gruß stockte auf seinen Lippen. Er sah den Fürsten zum erstenmal in der Tracht seines Landes, in dem weißen hemdartigen Gewand, das fast bis zu den Knöcheln reichte, und mit dem gewundenen Turban, der das Haar verbarg.
»Wundern Sie sich nicht«, sagte der Inder, Fürbringer die Hand schüttelnd. »Die Tracht Europas ist nicht bei vierzig Grad im Schatten erfunden worden. Ich kann Ihnen nur den Rat geben, meinem Beispiel zu folgen; Sie werden es nicht bereuen.«
»Danke, Hoheit«, antwortete Fürbringer, etwas einsilbig.
Immer, wenn er den Fürsten eine Zeitlang nicht gesehen hatte, mußte er bei der nächsten Begegnung in sich selbst einen Widerstand überwinden, der seiner Vernunft nicht erklärlich war, nur seinem Gefühl. Der geschwinde Bach der Wechselreden überspülte diesen Widerstand, aber er schwemmte ihn nicht fort.
»Sind Sie mit Ihren Zimmern zufrieden, Herr Fürbringer? Ich möchte, daß Sie sich durchaus behaglich und heimisch fühlen«, sagte der Fürst.
»Sie sind sehr liebenswürdig, Hoheit – vielen Dank!«
»Ich will nicht, daß Sie mir danken. Ich sagte Ihnen schon einmal, daß ich niemals Dank verdiene ... Ich warte auf ihre Arbeit, deren ich bedarf. Das ist alles.«

»Beginnen wir, Hoheit!« entgegnete Fürbringer einfach.
»Ramigani sagte mir, Sie hätten bereits auf dem Schiffe Zeichnungen und Entwürfe gemacht?«
»Ja.«
»Darf ich sie sehen?«
»Bitte, Hoheit . . .«
Der Fürst setzte sich; Fürbringer blieb bei ihm stehen. Sein Kopf und seine Gestalt ruhten im Schatten; nur seine Hand, die Blatt um Blatt der Pläne vor den Fürsten legte, teilte mit ihren festen, etwas verhaltenen Bewegungen den unablässigen Sturz des Lichts.
»Selbstverständlich«, sagte er – und die Sprödigkeit des Künstlers, der gezwungen ist, sich Fremdem preiszugeben, machte ihm die Kehle trocken – »sind diese Entwürfe im wahren Sinn des Wortes in die Luft gestellt, denn ich kannte die Erde nicht, auf die ich bauen werde. Und gerade über diesen Punkt müßte ich sehr ausführlich mit Ihnen reden dürfen, Hoheit . . .«
Der Radscha hob den Kopf mit der ihm eigenen, übergangslosen Bewegung.
»Sie sind mit dem Platz, den ich für das Grabmal bestimmt hatte, nicht einverstanden?« meinte er mit merklicher Kälte.
»Sie haben das empfunden, nicht wahr?« sagte Fürbringer lächelnd. Jetzt, da er, der Künstler, gewissermaßen auf seinem eigensten Grund und Boden stand, auf dem er Gastrecht zu gewähren hatte, gewann er auch die Sicherheit und Liebenswürdigkeit des Wirtes zurück.
»Ich merkte es schon auf dem Heimritt«, entgegnete der Fürst. »Sie waren entzückt von dem Tal, das ich dem Künstler schenken wollte; trotzdem verweigerte der Künstler die Annahme.«
»Er wußte, warum«, sagte Fürbringer etwas ernst. »Lassen Sie mich versuchen, Ihnen es zu erklären. Sie können schon aus diesen kargen Plänen ersehen, welche Richtung meine Gedanken beim Entwurf des Grabmals genommen haben. Ich dachte mir ein Werk, dessen Grundzug etwa von fern dem Wort des Genesis entspräche: Auf! Lasset uns einen Turm bauen, dessen Spitze bis an den Himmel reiche!«

Er hielt inne, als warte er auf eine Erwiderung des Fürsten; da sie ausblieb, fuhr er fort: »Von einem Untergrund, dessen Umfang allerdings der Sohle des Tales nahezu entsprechen würde, wollte ich ein Bauwerk aufrichten, das sich mit der Allmählichkeit, die Bergen eigen ist, zu einem Gipfel verjüngen sollte, auf dem nur zwei Wesen noch Platz haben sollten: ein Sarg und ein Mensch. Eine Tote und ein Lebendiger.«

Fürbringer schwieg. Der Fürst legte die Pläne, die er in der Hand gehalten hatte, auf den Tisch und lehnte sich in seinem Stuhl zurück. Eine Stille trat ein.

»Und warum halten Sie das Tal, das ich Ihnen anwies, für ungeeignet?« fragte er ohne die geringste Bewegung.

»Weil jenseits der Hügel die Berge liegen, Hoheit«, antwortete Fürbringer. »Wir könnten das Unerhörteste aufrichten, was Menschenhirn und Menschenhände jemals geleistet haben – wir blieben immer Titanen neben den Göttern, und die Gottheit der Berge lachte uns aus.«

Auch diesmal antwortete der Fürst nicht sofort. Er hatte seine Hände gegen den Rand des Tisches gestemmt, daß seine langen, schmalen Finger bräunlich auf dem dunkelgrauen Marmor lagen. Diese Finger zuckten leise, fast unmerklich, als ob in ihnen die letzten Wellen des Blutstroms ausliefen und verebbten. Ohne zu wissen warum, empfand Michael Fürbringer in dem Augenblick, da er auf diese Hände niedersah, für den Inder wie für einen Bruder, obwohl die Haut seiner eigenen Hände weiß war.

»Hoheit«, begann er und stockte wieder.

Der Fürst sah ihn an, aber seine Augen hatten keinen Blick. Fürbringer schwieg.

»Trotz allem«, sagte der Fürst fast unverständlich, »wäre das Tal der richtige Ort ... ich habe sie dort gefunden ...«

»Wen?« erkundigte sich Fürbringer.

»Wen? –« Es war, als ob der Kopf des Inders einen Hieb von rückwärts erhielt; seine Finger wollten sich im Marmor festkrallen.

»Ich bitte Sie um Verzeihung, Hoheit«, sagte Fürbringer herzlich.

»Wofür?« fragte der Inder. »Ich sagte, daß jenes Tal trotz allem der geeignetste Ort wäre ...«
»Eure Hoheit haben zu befehlen«, entgegnete Fürbringer.
»Ja. Aber das würde mir nichts nützen. Papageien kann man abrichten, daß sie plappern wie Menschen; Singvögel singen, wann sie wollen, und haben ihr eigenes Lied ... Wenn ich Ihnen den Preis, den ich Ihnen bot, verzehnfachte, so würden Sie in jenem Tal bauen. Aber es wäre nicht das Werk Ihrer Seele. Und das ist's, worauf es ankommt.«
Fürbringer wollte etwas erwidern, aber er schwieg, da der Fürst sich erhob. Er blieb stehen, mit dem Rücken gegen den Tisch gelehnt, und seine Augen folgten dem Inder, der im Zimmer hin und her zu wandern begann. Die runden Mauern, die er manchmal fast berührte, fesselten seinen Schritt mehr, als jeder andere Raum es getan hätte; unwillkürlich dachte Fürbringer, der den Irrgang des Fürsten beobachtete, an das zehnfach wiederholte Echo eines Schreis, der, von Berg zu Berg geworfen, leichter stirbt als einen Ausweg findet.
»Es ist ein anderes Bild«, begann der Radscha, plötzlich stehenbleibend. Er sprach aus dem Dunkel heraus, gleichsam an Fürbringer vorbei.
»Ich wollte kein Grabmal, das mit den Bergen jenseits der Hügel in Wettstreit geraten sollte. Wenn ich«, fuhr er mit einer so jähen und kaum unterdrückten Wildheit fort, daß Fürbringer zusammenzuckte, »dies Grabmal, das ich haben will, selbst zu bauen vermöchte, dann würde ich die Erde aufwühlen, die unter diesem Tale ist, bis ich dem Mittelpunkt dieses Planeten sehr nahe gekommen wäre. Und dort hätte ich zu bauen angefangen. Es wäre ganz gewiß auch ein gigantisches Werk geworden. Hätte ich das Herz eines Christen, vielleicht wäre mir's geglückt, die Kaiserpfalz des Satans zu bauen, groß genug, daß sich die Majestät des Teufels selbst in ihrer unausdenkbaren Einsamkeit hätte darin verwirren können. Und dann zuletzt, wenn ich den Schlußstein in die Kuppel fügen würde, die keine Öffnung nach oben haben dürfte, dann hätte ich zehntausend Menschen befohlen, die aufgeworfene Erde aufzu-

schichten über meinem Grabmal, ja, ich hätte das Erdreich und Gestein der Hügel ringsum abtragen und über das Grabmal wälzen lassen, bis ein einziger Grabhügel entstanden wäre – wild und hoch genug, um vor den Bergen, auf denen der Sitz der Gottheit ist, unverlacht zu bestehen.«

Fürbringer hatte die Augen gesenkt und vor sich hingesehen. Jetzt löste er sich mit einem Ruck von dem Tisch, an dem er gelehnt hatte, und wandte sich dem Fürsten zu.

»Hoheit«, begann er mit einer ausgeprägten Entschiedenheit, »Sie haben mich in ein Chaos von Dunkelheiten gestellt, in dem ich mich nicht mehr zurechtfinden kann. Sie haben mir geschrieben, und ich bin gekommen, obgleich, wie ich Ihnen offen gestehen will, das Geheimnisvolle, das Sie an Ihre Aufforderung knüpften, mich eher abstieß als reizte. Ich hielt es für die Laune eines asiatischen Machthabers, der es liebte, seine Persönlichkeit mit dem Schleier des Unerklärlichen zu umgeben und ihr dadurch eine gewisse Bedeutsamkeit zu verleihen. Ich kam, weil ich glaubte, mit dem Grabmal, das ich bauen würde, jene Vollendung meiner selbst zu erreichen, nach der wir uns alle sehnen. Aber ich kann nicht schaffen, wenn ich den Grund nicht kenne, auf dem ich bauen muß. Ich brauche als Künstler wie als Mensch eine gewisse Unbegrenztheit des Ausblicks und lasse mir nicht gern mehr von den Dingen der Welt entziehen, als durch die Kugelform der Erde bedingt ist.«

Der Radscha machte eine Bewegung; Fürbringer hielt inne.

»Bitte, fahren Sie fort!« sagte der Inder. Er setzte sich auf eine Bank, die der Rundung des Zimmers folgte und die Wand zur Lehne hatte.

»Ich wollte das Grabmal in die Unendlichkeit einer Ebene stellen, in der es das Herrschende werden sollte. Ich wollte es aus dem schwärzesten Marmor bauen, mit Säulen aus Lapislazuli. Im Innern des Grabmals, mitten in seinem Herzen, wollte ich den Garten schaffen, von dem die wunschgewährenden Geister aus Tausendundeiner Nacht Edelsteinfrüchte pflücken. Die Schönheit der Frau, der ich das Grabmal schuf, wäre offenbar geworden in

den Wundern der Smaragde und Saphire. Ich hätte ihren Namen in allen Lettern, die die Erde hat, mit Rubinen, Amethysten und Türkisen in den Marmor der Säulen gegraben. Stufen, aus Onyx geschnitten, hätten den, der es ersteigen wollte, auf die Höhe des Grabmals geführt. Und da oben, in der reinsten Reinheit der Luft, dem Himmel näher als der Erde, hätte ich das krönende Wunder aufgestellt: den einzigen Kristall, in dessen Kern ich das Herz der Frau verschlossen hätte, deren Liebe und Tod zum Ursprung des Ganzen geworden war.«
»Der Gedanke ist schön«, entgegnete der Inder langsam. »Aber« – und er hob den Kopf, ohne sich selbst aufzurichten; ein unbewegliches Lächeln entblößte seine Zähne – »wer sagt Ihnen, daß jene Frau mich liebte? Und wer sagt Ihnen, daß sie gestorben sei?«
Es war still in dem Zimmer.
Die beiden Männer sahen sich an. Und die Stille, die zwischen ihnen herrschte, war so vollkommen, daß der Lichtstrom, der von der Kuppel herniederfiel, zu brausen schien.
»Ich nehme an, daß ich Sie falsch verstanden habe, Hoheit«, sagte Michael Fürbringer sehr beherrscht.
»Ich bin überzeugt, Sie haben mich richtig verstanden«, antwortete der Fürst.
»Das ist nicht möglich. Irgendwo liegt hier ein Irrtum oder eine Täuschung verborgen. Ihr eigener Brief ...«
Fürbringer griff nach seiner Brusttasche. Die Hand des Inders fuhr durch die Luft.
»Sie brauchen meinen Brief nicht zum Zeugen gegen mich aufzurufen, Herr Fürbringer«, sagte der Fürst. »Ich weiß, was ich Ihnen geschrieben habe.«
Aber Fürbringer hatte das Blatt schon aus dem Umschlag gezogen und beugte sich damit in die Helligkeit des Lichts.
»Sie schrieben mir«, sagte er fast keuchend:
»›Ich habe die Frau verloren, die nahe an meinem Herzen gelegen hat ...‹«
»Nun!« rief der Inder mit einer erstickenden Kraft, als sollten seine Worte zu Fäusten werden und verhindern, daß Fürbringer

weiterlas, »wenn jene Frau an meinem Herzen gelegen hat – o, und wahrlich nahe meinem Herzen! – muß das heißen, sie habe mich geliebt? – Und wenn ich sie verlor, Herr Fürbringer – muß sie darum gestorben sein?«

»Dann also lebt sie noch?«

»Ja.«

»Einer Lebendigen errichten Sie das Grabmal?«

»Eines Tages«, sagte der Radscha eintönig, als läse er aus einem alten Formelbuche vor, »wird sie nicht mehr lebendig sein.«

»Sie wollen sie töten?«

»Ja«, antwortete der Radscha mit einem Ausdruck, als ersticke er an dem Wort.

»Sie, der Fürst und Hindu, wollen einen Mord begehen?«

Der Radscha stand unbeweglich zwischen Licht und Schatten. Er trat einen Schritt ins Licht hinein, und Fürbringer sah, daß das bräunliche Gesicht des Inders grau geworden war.

»Ich bin nicht Fürst«, sagte der Inder langsam. »Ich bin auch nicht Hindu ... Ich bin Mensch ...«

Fürbringer wollte etwas erwidern; aber vor diesem grauen Gesicht schluckte er es hinunter. Er wandte sich ab, ließ sich in den Stuhl am Tische fallen und legte den Kopf in die Hände.

Hinter seinem Stuhl blieb der Inder stehen.

»Jetzt wollen Sie eine Erklärung«, sagte er.

Fürbringer schwieg.

»Es ist schlimm, daß Sie das wollen«, fuhr der Inder fort. »Und doch werde ich reden. Ich werde meine Worte hinschütten, das Tor meiner Seele aufstoßen – tritt ein! Die Geheimnisse der Qual und der Schande sollen Marktschreier werden und sich selber anpreisen: Seht, die Röte meiner Blutstropfen spottet der Rubine! Füllt das Meer um in meine Tiefe, und es wird in ihr wie ein Tropfen in einer Muschel sein! Hört, o ihr Menschen, hört mich Klage führen um das, was mir widerfuhr! Werden Sie dann zufrieden sein?«

»Ich bitte Sie nur um eine Erklärung, Hoheit«, sagte Michael Fürbringer, ohne sich umzuwenden.

»Eine Erklärung – wofür? Daß ich, der Fürst, für einen Hund mit weißem Fell, der mein Freund war, und dem ich die Adern meines Halses anvertraut hätte, zum Aas wurde, das er besudelte? Daß ich, der Hindu, jung, aber kein Knabe mehr, Sohn eines Volkes, dem ein Weib weniger als eine Krähe ist, das Eifersucht nicht kennt, weil Frauen ihm sind wie Kiesel unterm Fuß, nicht unterschiedlich noch des Aufhebens wert – daß ich, der Hindu, Fürst und Narr, meinen Kopf in den Schoß eines Weibes legte und zu ihm sprach wie ein Rasender: Ich liebe dich, du meine fleckenlose Perle! Ein Haar von deinen Wimpern ist mir teurer als das Blut, das meinem Herzen am nächsten fließt! Ich würde den Stein, auf dem deine Füße gegangen sind, nicht gegen die Welt eintauschen, wenn du nicht in ihr weiltest, und wenn ich sie hätte, die Welt, den Himmel und die Erde, dann wären sie dein. Denn du bist schöner, meine Geliebte, als Savitri, Sakuntala und Damayanti, die Herrlichen, die im Liede gepriesen werden – wollen Sie dafür eine Erklärung?«
Fürbringer sagte nichts.
»Oder«, fuhr der Radscha fort, »wollen Sie eine Erklärung dafür, daß ein Weib, das in der Anbetung des Mannes einherschritt wie in einem Mantel aus Goldbrokat, dem die Schwüre seiner Liebe vom Nacken hingen wie Perlenschnüre, das nur zu lächeln brauchte, um hundert Bitten freizuhaben, und wären sie noch so töricht und noch so kühn gewesen – daß dieses Weib hingeht und gibt sich einem Hunde – einem Manne, der den Freund verrät?«
Fürbringer schüttelte den Kopf.
»Beispiele sind keine Erklärungen«, sagte er halblaut.
Der Radscha hörte nicht auf ihn. Er ging im Zimmer hin und her, die Hände an den Schläfen.
»Warum habe ich sie nicht ausgespien wie einen vergifteten Brokken, ehe sie mir das Blut zersetzte?« fragte er vor sich hin. »Warum schmecke ich noch jetzt Süßigkeit auf meinen Lippen, wenn ich von ihr rede? Ich will gesund werden, und ich werde gesund, wenn ihr Atem die Luft nicht mehr verderblich einzusaugen macht. Ich warte auf den Tag, an dem sie sterben wird, mit

einer Sehnsucht, der keine Sehnsucht gleicht. Und der Tag wird kommen. Ganz gewiß, er wird kommen.«

»Wenn Sie entschlossen sind, einen Mord zu begehen – worauf warten Sie dann noch, um ihn auszuführen?« fragte Fürbringer, den Kopf erhebend.

Der Radscha blieb stehen.

»Ich warte darauf, daß sie ihn finden«, sagte er.

»Den Mann?«

»Ja. Den Mann ...«

»Er ist – entkommen?«

Der Inder lächelte.

»O nein«, sagte er sanft. »Glauben Sie, die Augen meiner zehntausend Abgesandten, die nach ihm suchen, seien blind geworden? Oder ihre Füße gelähmt? Er verbirgt sich, der Schakal. Aber sie werden ihn finden.«

»Und wenn sie ihn finden und vor Sie bringen«, entgegnete Fürbringer, »so haben Sie nicht das Recht, sein Richter zu werden. Seine Regierung würde ihn von Ihren Händen fordern ...«

»Es ist immer gefährlich, in Indien auf die Jagd zu gehen«, sagte der Radscha.

Fürbringer stand auf.

»Ich bedaure aufs tiefste, Hoheit«, begann er, »daß Sie mir nicht von vornherein den Sachverhalt in seinem vollen Umfang und allen Folgerungen dargelegt haben. Ihnen wie mir wäre diese Stunde erspart geblieben. Ich weiß nicht, was Sie dazu berechtigte, von mir zu glauben, ich sei der Mann, der sich bei einem vorsätzlichen Mord zum Totengräber machen ließe. Jedenfalls bin ich der Mann nicht. Ich bitte Sie um die Liebenswürdigkeit, mir Gelegenheit zu geben, Eschnapur so bald wie möglich zu verlassen, und habe den Vorzug, mich Ihnen zu empfehlen.«

Der Inder sah ihm ruhig ins Gesicht.

»Sie irren sich abermals, Herr Fürbringer«, sagte er. »Das Amt, das ich Ihnen Übertragen habe, ist nicht das eines Totengräbers. Wir pflegen unsere Toten zu verbrennen. Sie sollten Ewigkeit verleihen – nicht dem Weibe – kann ein Nichts zu Ewigem werden? – Nein, Sie sollten ein Denkmal setzen dem Meere des Gefühls, das ich wie ein Gott und wie ein Narr verschwendet und in die Wüste, die man Weib nennt, hingeschüttet habe. Diesen Auftrag abzulehnen, haben Sie keinen Grund.«

»Wir wollen nicht Worte klauben, Hoheit«, antwortete Fürbringer. »Ich bitte um meine Entlassung.«

»Sie sind entschlossen, abzureisen?«

»Ja.«

Der Inder legte die Hand auf den Tisch, auf die Pläne, die Fürbringer ausgebreitet hatte. Ohne den Blick von ihnen zu erheben, sagte er: »Ich bot Ihnen für die Erbauung des Grabmals eine Million Pfund in Gold.«

Der Deutsche erwiderte nichts.

»Ich biete Ihnen heute das Doppelte«, fuhr der Radscha fort.

»Bemühen Sie sich nicht, Hoheit!« sagte Fürbringer eisig.

Der Radscha wandte den Kopf und sah ihn an.

»Das Dreifache«, sagte er.

Fürbringer zuckte die Achseln. Er machte eine Bewegung nach der Tür.

»Warten Sie«, sprach der Fürst. Er lächelte mit seinem grauen Gesicht. Er stand noch über den Tisch gelehnt, die Hand auf den Zeichnungen. »Sie befolgen meine eigenen Grundsätze«, meinte er verhalten. »Das ist sehr vernünftig. Ich an Ihrer Stelle würde nicht billiger sein. Nennen Sie mir die Summe, die Sie beanspruchen, um die Erbauung des Grabmals zu übernehmen! Ich bin überzeugt, daß wir uns einigen werden.«

Fürbringer fuhr sich mit der Hand nach dem Halskragen.

»Hoheit«, sagte er und packte den Stuhl, neben dem er stand, »gestatten Sie mir, um weiteren Irrtümern vorzubeugen, eine Bemerkung! Weil ich augenblicklich Ihr Gast zu sein die Ehre habe und in Ihrem Hause mich befinde und nicht vergesse, daß ich einem Asiaten gegenüberstehe, antworte ich Ihnen in der Art, wie ich es tue, und wie es meinem Gefühl durchaus nicht entspricht. Wäre es denkbar, daß in Europa ein Europäer mit einem Vorschlag, der dem

Ihren gliche, an mich herangetreten wäre, dann würde ich ihm die Faust auf die Nase gegeben haben. Ich hatte schon einmal Gelegenheit, Eure Hoheit zu ersuchen, die Glaubenslehre von der Käuflichkeit der Menschen nicht unbedingt zu verallgemeinern. Ich bedaure, jetzt abermals, und in verstärkter Tonart, dazu gezwungen zu sein. Und hiermit darf ich wohl unsere Unterredung als beendet betrachten.«

»Sie wollen Eschnapur verlassen?«

»Allerdings.«

»Sofort?«

»Sofort.«

Der Inder richtete sich auf.

»Warten Sie einen Augenblick, Herr Fürbringer!« sagte er. »Ich habe noch eine Frage an Sie zu richten.«

»Bitte ...«

Der Radscha trat auf Fürbringer zu. Einen Schritt von ihm entfernt blieb er stehen.

»Geben Sie mir Ihr Ehrenwort«, fragte er, »weder selbst noch durch dritte Hand auch nur das geringste zu veranlassen, das dem Manne, den ich suche, zur Flucht aus Eschnapur und damit zur Sicherheit seines Lebens verhelfen würde?«

Fürbringer hielt für einen Augenblick den Atem zurück. Dann stieß er die Luft durch die Nase.

»Nein«, sagte er.

»Sie geben Ihr Ehrenwort nicht?«

»Ich gebe Eurer Hoheit mein Ehrenwort«, sagte Michael Fürbringer, »daß ich alles tun werde, was in meinen Kräften steht, den Mann, den Eure Hoheit suchen, in Sicherheit zu bringen. Da bis zum Tage seiner Ergreifung durch Ihre Leute auch das Leben der Frau, die Sie ermorden wollen, gesichert scheint, werde ich ganz gewiß kein Mittel unversucht lassen, Ihre Pläne zu durchkreuzen und meinerseits ans Ziel zu kommen.«

Der Radscha drückte die Lider zusammen. Er nickte ein paarmal.

»Das ist außerordentlich ritterlich von Ihnen«, sagte er liebenswürdig. »Leider ist es ebenso unklug. Sie zwingen mich dadurch, Gegenmaßnahmen zu ergreifen. Ich muß Sie also bitten, Herr Fürbringer, Ihre Abreise aus Eschnapur vorläufig zu verschieben.«

»Heißt das – ich bin Ihr Gefangener?«

»Oh – wir wollen keine großen Worte gebrauchen ... Ich freue mich, Sie meinen Gast zu nennen, und bitte Sie, mir diese Freude nicht vorzeitig zu zerstören. Ich hoffe, daß es mir gelingen wird, Ihren Aufenthalt hier so angenehm zu gestalten, daß Sie den Tag der Abreise selbst vergessen. Ich werde leider gezwungen sein, Sie für einige Zeit zu verlassen; betrachten Sie sich indessen als den Herrn des Palastes! Ramigani bleibt zu Ihrer Verfügung. Er ist angewiesen, Ihren Wünschen zuvorzukommen. Sollten Sie geneigt sein, dem Bau des Grabmals näherzutreten, genügt ein Wort an ihn; er wird mich verständigen. Ich hoffe, daß dies bald der Fall sein wird. Auf Wiedersehen, Herr Fürbringer ...«

Der Radscha ging; die Tür schloß sich hinter ihm. Fürbringer sah ihm nach. Ich hätte ihn beim Halse nehmen sollen, dachte er, aber der Gedanke hatte keine Schärfe. Er stand unbeweglich, in der Nähe des marmornen Tisches, auf dem seine Pläne und Entwürfe ausgebreitet lagen. Das tonlose Brausen des weißen Lichtes fiel von der hochgewölbten Kuppel darauf nieder. Fürbringer wandte sich um. Die Türe hatte sich geöffnet. Ramigani stand auf der Schwelle.

»Was ist –?«

»Mein Herr hat mich zu dir geschickt, Sahib, nach deinen Befehlen zu fragen.«

»Wo ist dein Herr?«

»Er hat den Palast soeben verlassen, Sahib.«

Fürbringer schwieg.

»Befiehlst du, Sahib ...«

»Nichts.«

Der Inder hob die Hände zur Stirn, verneigte sich tief und ging. Michael Fürbringer setzte sich.

V

Was Michael Fürbringer aus seinem Brüten weckte, war ein Duft von Weihrauch, Amber und Wachs.

Er hob den Kopf und sah sich um. Niemand außer ihm war im Zimmer. Niemand schien dagewesen zu sein. Aber das weiße Licht des Tages war verschwunden, und an den Wänden ringsum brannten große, gelbe Kerzen in bronzenen Blakern, lautlos, ganz unbewegt, als hätten sie sich selbst entzündet.

In einer schmalen Nische, der Tür gegenüber, hing an drei Ketten ein Gefäß aus schwarzem, durchbrochenem Metall. Von der matten, gleichmäßigen Glut in seinem Innern stiegen Duftwolken auf und schwebten langsam, bläulich, mit der Schwermut dessen, das entstehend stirbt, durch das Zimmer aufwärts, zur Kuppel einer unsichtbar gewordenen Höhe.

Michael Fürbringer folgte dem Gewölk mit dem Blick. Er sah die Lichter, eines nach dem anderen, aus ernsten Augen an. Seine Nerven waren sehr dazu bereit, dem Wesen der Dinge bis auf den Grund nachzuspüren, indem er sich ihm hingab. Und so empfand er die sanfte Feierlichkeit des von Kerzen erleuchteten Raumes, der um seine Bestimmung betrogen schien, wie die geduldige Art eines reifen und klugen Menschen, der auf das Heute verzichtet, um das Morgen zu gewinnen, in unentwegtem, gelassenem Warten.

Fürbringer stand auf. Er verließ das Gemach und trat in sein Wohnzimmer. Auch darin brannte das Licht. Es war Abend geworden, ohne daß er es gewahrt hätte. Das Gewebe der Fenster spannte sich weiß und undurchsichtig wie Milchglas der Dunkelheit entgegen.

Auf einem kleinen Tisch stand eine flache, schön getriebene Goldschüssel mit Früchten und ein Pokal mit eisgekühltem Wein. Fürbringer hatte Durst; aber er trank nicht. Er wollte seine Gedanken unvermischt erhalten.

Er war in den Stunden des Grübelns zur Erkenntnis der Notwendigkeit gekommen, sich den Tatsachen zu unterwerfen. Es wäre sinnlos gewesen, unkundig des Landes und seiner Sprachen, ohne ausreichende Mittel, ja selbst ohne Ziel auch nur den Versuch zu machen, sich der höflichen Haft zu entziehen. Er war also Gefangener.

Da er sich aber mitten im feindlichen Lager befand, war er fest entschlossen, seinerseits nicht untätig zu bleiben. Es galt nur, die Stelle aufzufinden, an der sein Gegner verwundbar war. Zu diesem Zweck mußte er den Umfang und die Grenzen seiner Bewegungsfreiheit kennenlernen. Und er war gewillt, in dieser Hinsicht keine Zeit zu verlieren.

Ein Umstand, der ihm zunächst bedeutungslos erschienen war, gewann nach den Erfahrungen des Tages erheblich an Gewicht: kein Fenster seiner Wohnung führte ins Freie. Unter seinem Schlafzimmer lag der Hof, in dem die Tiger gefangengehalten wurden. Die acht Fenster des Saales blickten mit ihren gewobenen Augen stumpf, wie blind, auf eine glatte, sehr hohe Wand. Das Arbeitszimmer empfing sein Licht ausschließlich durch die gewölbte Kuppel der gläsernen Decke.

Und noch etwas kam Fürbringer in dieser Stunde zum Bewußtsein: Dreimal hatte er den Weg nach oder von seinem Zimmer zurückgelegt, den Palast durchkreuzend bis an das östliche oder nördliche Ufer des Sees. Aber keinmal war sein Weg der gleiche gewesen. Der Fürst von Eschnapur und Ismael, der Unpünktliche, der sein Vertrauter war, hatten eine verwirrende Fülle von Gängen, Hallen und Treppen zu Hilfe gerufen, seinen Richtungssinn aus dem Gleichgewicht zu bringen.

Aber Michael Fürbringer war fest entschlossen, auf eigene Faust den kürzesten Weg zum Wasser, das die Palastinsel umgab, kennenzulernen.

Er steckte den Kompaß und die Taschenlampe ein und verließ das Zimmer.

Er schloß die Türe lautlos hinter sich, blieb stehen und sah sich um.

Rechts und links erstreckte sich ein hallenartiger Gang, dessen Bogen, wie Blätter geformt, von einer unabsehbaren Doppelreihe sehr schlanker Marmorsäulen getragen wurden. Kein Mensch weit und breit. Fürbringer hielt den Atem an und lauschte. Aber er hörte nichts – nichts, außer einem kaum vernehmbaren, metallenen Klingen, das sich anhörte, als fielen in unendlicher Ferne kleine Silberkugeln in ein silbernes Becken.

Wasser tropfte, irgendwo.

Eine milde, goldfarbene, fast etwas traurige Dämmerung herrschte unter den Säulen. Aus unsichtbaren Quellen fiel das Licht herab, ohne den Boden zu erreichen. Ein Lufthauch, warm, gleichmäßig streichend, glitt über Fürbringers Gesicht. Er brachte mit sich allen Duft und alle schwere Süßigkeit einer sommerlichen Nacht, in der die Gewitter am Himmel stehen.

Fürbringer holte tief Atem. Seine Schritte dämpfend bis zur Unhörbarkeit, begann er seinen Weg. Er wandte sich nach rechts, die Säulen zählend.

Er schritt zwischen den doppelten hindurch, zwischen zweimal neunundneunzig. Als er stehenblieb und zurücksah, fand er das Licht hinter sich erloschen.

Er rief: »Ramigani!« – Und nach einer Weile abermals: »Ramigani!« –

Niemand antwortete. Unendlich langsam schwand das Licht auch über ihm, bis er in völliger Finsternis stand.

Mehrere Minuten lang verhielt sich Fürbringer regungslos. Er wartete darauf, daß seine Augen, sich an die Dunkelheit gewöhnend, die Dinge um sich her erkennen lernten. Aber die Dunkelheit war die eines fensterlosen Raumes.

Je länger sie dauerte, desto schwerer wurde sie; sie schob sich wie ein Körperliches gegen den Menschen heran, der in einer unwillkürlichen Bewegung der Abwehr die Arme vor sich hinstieß, um sie fernzuhalten.

Er nahm die kleine Lampe aus der Tasche und schaltete sie ein. Die feine Nadel des Lichts spießte sich in dieses Körperliche der Finsternis, daß es zurückzuckte; aber es vermochte sie nicht aufzuhellen. Fürbringer ließ den Schein der winzigen Birne auf den Boden fallen. Der war glatt und eben wie ein Spiegel. Er nahm die Wanderung wieder auf, mehr als je entschlossen, den Weg, den er sich vorgenommen hatte, zu Ende zu gehen. Er spürte seinen kalten Zorn und seine herzliche Verachtung gegen die Gaukler des Morgenlandes gleich guten Kameraden neben sich. Er dachte: Ich will doch sehen, wie weit sie's treiben.

Er schaltete die Lampe aus. Er wollte ihre Kraft aufsparen, bis er sie am nötigsten brauchen würde. Mit tastenden Füßen und vorgestreckten Händen ging er weiter.

Nach hundert Schritten blieb er zum zweiten Male stehen. Er hörte aus dem Klang und Widerhall seiner Füße, daß er sich in einem anderen Raum befand. Dieser Raum mußte sehr hoch sein. Fürbringer hob den Kopf. Über ihm verdämmerte das lastende Schwarz zu einem verschwimmenden tiefen Dunkelblau, wie es ruhige Wasser in den Nächten haben. Vielleicht war es der Himmel, der sich sternenlos über dem Palast der Insel wölbte.

Unwillkürlich, beim Anblick dieses maßlos fernen Himmels, holte Michael Fürbringer schwer schöpfend Atem – und hielt den Atem in der Brust zurück.

Hatte der Raum ein Echo?

Er hatte ein Seufzen gehört, das langsam und hauchend, in seiner Nähe, doch höher als sein Kopf, begann und tief ausatmend in Lautlosigkeit untersank und verging.

Fürbringer wandte den Kopf nach rechts und nach links, als lauschte er; er wußte, daß er sich selbst mit dieser Geste betrog. Er wollte die Nackenwirbel freibekommen, denn irgend etwas klammerte sie ein.

»Ist jemand hier?« fragte er halblaut.

Der Klang seiner Stimme war ganz stumpf. Die Worte fielen ihm vom Munde senkrecht zu Boden.

Totenstille antwortete seiner Frage. Doch als er schon den Fuß erhob, um weiterzugehen, ertönte hinter seinem Kopfe das gleiche hauchende Seufzen zum zweiten Male. Er spürte das Wehen eines Atems in seinem Nacken. Etwas wie eine Hand streifte sein Gesicht.

Er riß die Lampe hoch, schaltete sie ein ...
Auf dem Absatz der Säule hinter ihm hockte ein großer Affe. Die Tieraugen glotzten ihn an.
Er ließ den Schein seiner Lampe im Kreise wandern und sah, daß er sich am Fuße einer Treppe befand, die so ungeheuerlich breit war, daß er weder rechts noch links erkennen konnte, was sie begrenzte.
Auf den Stufen dieser Treppe kauerten die Affen zu Hunderten; sie hingen im Geäst der Säulen, hatten geschlafen und wurden nun wach.
Von dem besudelten Marmor der Treppe lösten sich die zu Klumpen geballten Tierleiber, deren fette Scheußlichkeit einem Pfuscher mißraten zu sein schien.
Ohne Eile, in einer herrischen Bedächtigkeit, näherten sie sich dem Menschen, das Licht in seiner Hand anfletschend. Stinkend, frech und heilig, wie sie waren, quollen sie aus der Dunkelheit, zu einem unübersehbaren Heer anschwellend, auf ihn zu.
Fürbringer ging mitten durch sie hindurch auf die Treppe zu. Er erreichte sie und begann sie zu ersteigen. Er sah, daß oben, wo sie endete, eine trübe Helligkeit aufdämmerte, wie von tiefverschleierten, kraftlosen Lampen. Dieser Lichtdämmerung strebte er zu.
Das Heer der Affen folgte ihm nach. Fürbringer hörte das Hinschlürfen ihrer zahllosen, nackten, fetten Füße, die stumpfsinnige Unfehlbarkeit ihrer Sprünge hinter sich dreinziehend, gleich einem tonlosen Getöse von Geistern. Sie blieben stets im selben Abstand von seinen Fersen. Wenn er den Schritt verlangsamte, zögerten sie; ging er schneller, wurde ihr Trott zum Laufen.
Wenn ich jetzt zu rennen anfange, dachte Fürbringer, dann rennen sie auch.
Er dachte: Ich will nicht rennen. Er blieb stehen und wandte sich um. Er, der Mensch, fühlte in sich einen rasenden, sinnlosen Haß gegen das Tierpack, das an seinen Schritten klebte.
Er schaltete die Lampe aus und steckte sie in die Tasche. Mit angespannten Muskeln, Kopf und Kinn vorstreckend, die Fäuste ge-

ballt, stand er auf halber Treppe, minutenlang, ohne sich zu rühren. Er hörte, wie seine Verfolger sich zurückzogen. Die Dunkelheit der Tiefe schluckte sie ein. Zuletzt waren sie verschwunden.

Fürbringer richtete sich auf. Er spürte das Hemd an seinem Leibe kleben. Ein plötzlicher Schauder, von dem er nicht wußte, ob er aus Glut oder Frost herkam, schüttelte ihn. Er stieg die Treppe hinauf.

Als er die letzte Stufe erreicht hatte, sah er, daß er auf dem Vorplatz eines Tempels stand.

Drei offene Torbogen, durch schöngeschnittene, breite und niedrige Pfeiler miteinander verbunden, führten ins Innere, dessen grenzenlose Tiefe und Höhe in schwimmendem, bläulichgrünem Licht lag.

Fürbringer trat in den Tempel hinein, als tauche er in leise ziehendes Wasser. Er atmete nicht, er trank die schwere, kühle Luft, die um hundert und aber hundert Säulen floß.

Von jedem Bogen, der zwei Säulen verband, hing eine Ampel nieder, wie aus einem einzigen, riesenhaften Kristall geschnitten. Sie brannten, aber sie leuchteten nicht. Nur die Überzahl ihrer Fülle gab dem Tempel sein unwirkliches Licht.

Und Michael Fürbringer ging in diesem Tempel der asiatischen Gottheiten umher wie ein Mensch auf dem Grunde des Meeres, fast zermalmt von der zugleich strömenden und lastenden Wucht eines fremden Elementes, preisgegeben und gierig nach Wundern, die Heiligkeit der Dinge, die ihm nicht heilig waren, als Feind empfindend und, da er ohne Anbetung vor ihnen stand, selber feindselig angeglotzt.

Im Schein der tausend Ampeln funkelten die Edelsteine an den fetten Gliedern versteinter Scheusale. Elefantenköpfe wuchsen aus Menschenleibern und reckten in der Erstarrtheit einer maßlosen Wut ihre Rüssel zum Himmel auf.

Kali, die Scheußliche, und Durga, die Dämonentöterin, brachen wie aufplatzende Geschwüre aus dem Stein heraus, den das Entsetzen gesprengt zu haben schien.

Und abermals wie Geschwüre einer besessenen, schöpferischen Wut reckten sich zahllos die schwarzen Lingams Schiwas, des Zerstörenden, klaffte der Schoß der gefräßigen Durga; und sie troffen beide von geschmolzener Butter, der reichlichen Opferspende anbetender Frauen.
Der ganze entfesselte Wahnsinn des Steins blähte sich in hemmungsloser Nacktheit, niemals gesättigt, niemals erschöpft, im Augenblick des fürchterlichen Taumels am eigenen Fluch erstarrt, durch keine Ewigkeit mehr zu erlösen.
Inmitten dieser Gottheiten hatten Zeit und Raum ihren Sinn verloren. Michael Fürbringer konnte nicht mehr ermessen, wie lange er das grünblaue Licht schon über seinem Kopfe spürte, das ihm allmählich die Schädeldecke zu zermeißeln drohte. Er sah sich um, er gewahrte keinen Eingang, keinen Ausgang mehr. Nichts als Pfeiler, die sich unter fürchterliche Lasten stemmten; nichts als Steinbilder, in denen eine ins Unermeßliche gesteigerte Furcht sich selber Denkmäler setzte; Fratzen, die nach ihm starrten; das Aufsprühen hingeschütteter Edelsteine; niedertropfend in unbewegte Luft der Spuk der brennenden, meerfarbenen Kristalle.
Und während der Mensch durch diese Hölle der steingewordenen Furcht hinschritt, den Gang beschleunigend, um ihrer Opfergier, die nach dem Hirn griff, zu entrinnen, schien sie um ihn her aus der Erstarrung aufzuwachen, lebendig zu werden, zu atmen.
Die Augen der Gottheiten rührten sich im Licht; sie funkelten, von Blut unterlaufen, und folgten ihm nach. Schatten reckten sich auf, ungebändigt wachsend. Die grünen Kristalle der Ampeln begannen zu schwanken; sie taumelten hin und her, vom Strom eines Windes gepackt, der wie der Atem Schiwas, des Gottes, durch den Tempel flutete.
Die unerhellte Finsternis der Höhe sprang in verzerrten Gestalten auseinander. Eine unabsehbare Schar von Gespenstern tanzte lautlos um das stumme Stöhnen überlasteter Säulen.
Fürbringer hob die Hand und fuhr sich über die Stirn; sie troff von Schweiß. Seine Augen suchten nach einem Ausweg aus die-

sem chaotischen Wahnsinn; sie fanden ihn nicht. Er lief planlos geradeaus.

Und plötzlich sah er etwas, vor dessen Anblick er mit vereistem Blute stehenblieb.

Er bückte sich keuchend, starrte das Wesen an.

An einen der Pfeiler gelehnt, mit gekreuzten Armen und untergeschlagenen Beinen, kauerte ein Gerippe, ein Haufen von Knochen, mit braunpergamentner Haut überzogen, ein kahlgeschorener Schädel, ein fleischloses Gesicht, um den Hals eine Kette kleiner, bleicher Totenköpfe.

Aber das Gerippe lebte; unter den fast bloßliegenden Rippen schlug das Herz, in dem Totenkopf über den Totenköpfen schwelgten zwei Augen.

Und diese Augen sahen den Mann des Abendlandes an. Sie fraßen sich an seinen Zügen fest, flackerten ihn an mit den Brandfackeln des Hasses, mit der wütenden Verachtung des Fanatismus.

Eine Wolke von Gestank brütete über dem Büßenden, dem von der Schulter zur rechten Hüfte die weiße Schnur der Brahmanen hing. Der Unrat eines Jahrzehnts schichtete sich um den Heiligen auf, der mit verrenkten Gliedern auf einem Flecke hockend, zu Ehren irgendeiner gräßlichen Gottheit bei lebendigem Leibe verweste.

Fürbringer wich zurück; er wandte sich nach rechts. Er lief durch einen Wald schwarzragender Lingams, immer geradeaus, fest entschlossen, nicht eher innezuhalten, bis er am Tore der Freiheit angelangt war.

Das grünliche Licht über seinem Kopfe verlor seine Kraft. Die Mauern klafften. Draußen wartete die Nacht.

Mit einem Aufatmen, das ein Stöhnen wurde, ließ sich der Mensch, den die Unterwelt ausgespien hatte, zu Boden fallen. Es tat ihm grenzenlos wohl, auf dem kühlen Marmor des Bodens zu liegen und mit aufgelösten Gliedern und festgeschlossenen Augen, hinter deren Lidern Feuerräder kreisten, sinnlos vor sich hinzustöhnen. Er fühlte mit einer peinigenden Deutlichkeit das Zittern seiner Nerven, deren Fasern losgesponnen schienen. Er

war so erschöpft, daß er nicht die Willenskraft aufbringen konnte, sich zu erheben und weiterzugehen.
In diesem Augenblick, da er mit geschlossenen Lidern auf dem Rücken am Boden lag, die Arme von sich gestreckt, mit sehnenlosen Knien, hörte er, aus einer Entfernung von Ewigkeiten, zwischen denen das Meer sich dehnte, die Stimme seiner Frau, die ihn bei Namen rief.
Sie rief ihn ohne Angst, mit einer klaren, sanften Zärtlichkeit, fast zuredend. Und der Mann, der sehr erschöpft in halbem Schlafe lag, hörte dieses Rufen, so wie ein Mensch in der Dämmerung zwischen Schlaf und Wachen das süße Schlagen eines Vogels hört – ohne den Wunsch, die Augen aufzutun, nicht antwortend, nicht denkend ...
Nur im tiefsten Bewußtsein der Seele hörte er gleichsam sein Herz sprechen: Ja ... ja ... Du bist in der Welt ... Die Welt und die Nacht sind angefüllt mit Schrecknissen und Gespenstern des Hirns. Die Zerrüttung der Geister wirbt um neue Sklaven. Aber du bist in der Welt und schickst deine klare Stimme aus, die ihren Weg findet in aller Finsternis, ohne sich jemals zu irren.
Er hörte den Rhythmus seines Herzschlags, der stark und gleichmäßig sein Blut bewegte, er formte Silben, Worte, die, immer wiederkehrend, zum Verse, fast zum Liede wurden ...
Geliebte Frau ... geliebte Frau ...
Und dann, mit einem Ruck, fuhr er in die Höhe, daß er zum Sitzen kam – plötzlich ganz wach, nüchtern, mit zupackenden Gedanken.
Wie kam Irene, seine Frau, hierher? Wie war es möglich, daß er ihre Stimme hier vernahm, in Eschnapur, dem tiefindischen Lande, im weißen Palast auf der Insel? Gab es einen Schimmer der Möglichkeit, daß sie sich hier befand? Hatte er in der ersten Nacht doch nicht geträumt, als er die Laute ihres Mundes zu vernehmen glaubte?
Und wenn sie hier war – auf welchem Wege war sie gekommen? Hatte sie wie eine gute Hündin seine Spur gesucht und gefunden und sich die Fahrt hierher ertrotzt, den unerschütterlichen Willen

ihrer Liebe gegen die Laune eines asiatischen Machthabers setzend, ihres Sieges von vornherein gewiß? Oder war auch sie eine Zahl in der Berechnung des Inders gewesen? War sie freiwillig gekommen, gelockt oder gezwungen? War sie eine Gefangene, wie er ein Gefangener war, durch ein Versprechen festgehalten oder durch eine Drohung?

Denn, wäre sie Herrin ihrer selbst gewesen – was unter allen Dingen der Welt hätte sie abhalten können, zu ihm zu laufen mit der schönen, wilden und glücklichen Freimütigkeit ihrer Liebe?

Warum rief sie nach ihm in der Nacht und zeigte sich nicht?

Wo war sie? – Wo hielt sie sich versteckt?

Fürbringer sprang auf, das Taumeln seiner Knie niederzwingend; er rief – so laut er konnte: »Irene! ... Irene! ...«

Aber seine Stimme hatte keinen Klang. Die ungeheure Erregung, die ihn gepackt hatte, würgte ihn an der Kehle, daß sein Rufen zu haschendem Röcheln wurde. Er riß sich das Hemd am Halse auf.

»Irene –!« schrie er mit der vollen Kraft seiner Lungen. Aber es war, als schrie er gegen ein dickes Tuch vor seinem Munde. Er hörte sich selber nicht, obgleich ihm beim Rufen die Adern an Hals und Schläfen anschwollen, als sollten sie gesprengt werden. Nur ein Flüstern kam ihm von den Lippen.

Und doch weckte dieses Flüstern ein vielfaches Echo rundum in der großartigen Einsamkeit und der Erhabenheit der Nacht. Hundert bleiche, große Säulen, die im Kreise standen, schienen an ihm zu erwachen und aufzuhorchen. Und sie raunten einander zu, was sie gehört hatten, daß ein tief seufzendes Flüstern durch ihre Reihen ging: Irene ... Irene ... Irene ...

Fürbringer griff sich mit beiden Händen nach dem Kopfe. Wo bin ich denn? dachte er. Bin ich verrückt ...?

Er begann zu laufen, blindlings in die blaue Dämmerung hinein, fühlte Stufen unter seinen Füßen, stolperte und fiel. Er raffte sich auf und zerbiß einen Fluch zwischen den Zähnen; rote Funken tanzten wie toll gewordene Stechmücken vor seinen Augen.

Er lief eine Treppe hinab, die unter seinen Schritten zur Wolke wurde, die nicht standhielt, schwankte und wich.
Er schrie hinter festgeschlossenen Lippen – denn er hatte ein Grausen vor dem Echo: »Irene . . . ! Irene . . . !« Aber sie antwortete ihm nicht.
Er erreichte eine Halle, die wie ein Garten war. Über ihr stand der Himmel breit entrollt. Ein ungewisses, zartes und kühles Licht überhauchte ihn, ohne sich der Erde zu schenken. Vielleicht, daß der junge Mond an der Grenze zwischen Himmel und Erde stand.
Inmitten der Halle war ein Brunnen lebendig. Ein feiner, sehr hoher Strahl stieg auf zu einer Säule dünngesponnenen Silbers, das klingend in ein Becken von dunklem Marmor fiel. Aus feuchtem Erdreich strebten Palmen auf und gaben ihre verzückten, weibischen Wedel dem Dunkel hin gleich Wesen, die sich rückwärts beugen und die Arme breiten.
Jenseits der Halle öffnete sich Gemach an Gemach, aber in keinem regte sich der Atem eines Menschen.
War der ganze Palast ausgestorben? War er, der Fremde, allein mit der gemauerten Leere? Allein mit dem Spuk einer Stimme, die ihn gerufen hatte, so wie Liebe ruft?
War dieser Ruf ein Zeichen gewesen, das einzige, das sie ihm zu geben wagte, und wartete sie nun darauf, daß er kommen, daß er sie suchen würde, bis er sie fand oder zusammenbrach?
Vielleicht schwieg sie nur, weil sein Antworten Gefahr brachte über sie und ihn.
Ich will nicht mehr rufen, dachte der Mann. Er blieb stehen und preßte sich den Schädel zwischen beiden Fäusten. Er atmete mit offenen Lippen, ins Leere starrend. Seine Gedanken rasten wie gepeitscht, und doch war jeder einzelne von unerhörter Schärfe, von einer marternden Klarheit. Aber keiner hielt dem Zugreifen stand.
Er sprach vor sich hin, mit der Feierlichkeit der Verzweiflung, halblaut und eintönig: »Ich beschwöre dich, meine Geliebte, wenn du in meiner Nähe bist – gib mir ein Zeichen, daß ich dich finden kann . . .«

Er schüttelte sich, die Lippen zerbeißend. Ich bin wahrhaftig auf dem besten Wege, ein Narr zu werden, dachte er.
Er sah sich um. In endloser Flucht reihte sich Gemach an Gemach, Halle an Halle, so weit er blicken konnte, eine marmorne Unaufhörlichkeit. Licht brannte überall. Totenstille herrschte. Die Einsamkeit der Verdammnis konnte nicht vollkommener sein.
Und über den Menschen, der in ihrer Mitte stand, kam die rüttelnde Versuchung, diese Totenstille, diese höllische Einsamkeit von Grund auf zu zerstören mit blutheißer Lebendigkeit seines Rufens. Es drängte ihn, die Nacht auftaumeln zu machen mit einem Namen, den er in sich gefangenhielt wie einen Brand, der ausbrechen mußte.
Er schrie, die Arme schüttelnd, gleich einem, der Ketten bricht: »Irene –!!«
Und er hörte, während er das Keuchen seiner Brust hinunterzwang, wie ihre Stimme ihm Antwort gab: »Da bin ich! Da bin ich –!«
Er wollte fragen: »Wo ...? Wo ...?! Aber nur seine Lippen regten sich. Er griff mit beiden Händen ins Leere.
Denn ganz am Ende des Säulenganges, der sich vor seinen Schritten öffnete, sah er die Gestalt einer Frau, kaum erkennbar, wie sie zwei Herzschläge lang im sanften Licht einer Ampel stand und gleitend zur Seite wich und verschwand.
Er wollte rufen, aber er rief nicht. Er rannte. Er lief in Sprüngen wie ein Hirsch auf der Flucht, erreichte die Stelle, wo die Frau gestanden hatte, blickte sich um, sah ihre gleitende, entweichende Gestalt eine schmale Treppe ersteigen und hastete nach den Stufen. Sie waren hoch, rauh und unregelmäßig und hatten kein Geländer. Sie führten hinauf und hinab. Sie erklommen die Höhe des flachen Daches; als der Mann es betrat, sah er die Frau, der er nachfolgte, wie sie, ihm den Rücken wendend, schmal und zart, in ein nachschleppendes farbloses Kleid gehüllt, das der Wind bewegte, gegen die Sichel des tiefen Mondes stand, als wolle sie ihn betreten. Sie hob die Arme wie zu einem fremden,

schwermütigen Gruß und verschwand jenseits des Daches gleich einem Hauch in die Tiefe.
Der Mann, der wie ein Wolf auf ihrer Fährte lag, spürte das Blut in seinen Ohren tosen. Er rannte, kam an das Ende des weiten, ebenen Daches, blickte in die Dunkelheit hinab, lief hin und her, die Stelle nicht findend, wo eine Treppe mündete. Zuletzt, da er sie entdeckte, nahm er die Stufen in stürzenden Sätzen; er rief nicht mehr; er keuchte. Er sah nicht, wohin er die Füße setzte. Seine Augen hingen weit aufgerissen, in wütender Angst an der Frau, deren Gestalt verschwindend, bald wieder auftauchend, jetzt näher, jetzt ferner als jemals, ihm ewig unerreichbar blieb.
Einmal, da er sie aus den Augen verloren hatte, stand er plötzlich, eine Tür aufreißend, zwei Schritt vom Wasser des Sees, das unbewegt, dem Licht des Mondes eine Straße, zwischen seinen Ufern lag. Gegenüber, düster und unwirklich, ragten die Türme des Tores, durch das er vor kaum mehr als vierundzwanzig Stunden eingezogen war, während an seinem Wege die Elefanten niederknieten und die Fackeln ihre zuckenden Tänze tanzten.
Das alles war Ewigkeiten her.
Zwischen gestern und heute blähte sich der Aberwitz der Stunden.
Aber er wußte nun, wo er sich befand. Er hatte die Steine schon einmal unter den Füßen gehabt. Er konnte sich nicht mehr ins Sinnlose verwirren. Es galt nur nachzudenken – rechts? links? durch diesen Gang? durch jenen ...?
Doch ehe es ihm gelungen war, einen klaren Gedanken zu fassen, sah er, sich umwendend, keine hundert Schritt von sich entfernt, die Frau, auf deren Fährte er gehangen hatte, gleich einem Schattenbilde zwischen zwei Säulen stehen, selbst noch im Dunkeln, doch gegen ein von oben niederfallendes Licht sich zeichnend, in dem die Falten ihres Kleides zu schimmern begannen.
Sie hatte eine Hand gegen eine der Säulen gestemmt und ruhte aus, so wie der Mann ausruhte, den Kopf, von dem der Schleier rann, leicht aufgehoben, als horche sie hinter sich.

Der Mann konnte ihre Züge nicht erkennen; er sah nur die Linie, die von der Schläfe niederglitt zum Kinn. Aber diese Linie kannte er, als wäre sie ihm mit dem Stichel auf die Netzhaut gezeichnet worden.

»Irene«, sagte er, halb erwürgt von einer Erregung, fast ohne Laut, »wenn du nicht willst, daß ich vollends den Verstand verliere, dann gib mir Antwort! Warum hältst du mir nicht stand? Warum kommst du nicht zu mir? Bin ich schon ein Narr geworden in diesem verfluchten Lande?! Lebst du, oder bin ich ein Besessener, der hinter einem Gespenst herläuft?«

Die Frau schien nicht zu hören, daß er sprach. Sie rührte sich nicht. Aber als er eine Bewegung machte, um auf sie zuzugehen, glitt sie aus dem Dunkel hinaus in das Licht, das jenseits der Säulen lag, und dieses Licht war so stark, daß es ihre Gestalt zu einem fast nicht mehr Körperlichen, zu einer Erscheinung des Lichtes selbst auflöste.

Fürbringer schlug sich die Faust an die Stirn.

Ich bin also wahnsinnig –! dachte er. Seine Zähne knirschten aufeinander. Er stierte, ohne sich zu regen, hinter der Frau drein, die ihm lautlos entglitt.

Plötzlich schrie er auf, laut und gellend, riß sich von dem Boden los, in den er eingewurzelt schien, winkte mit beiden Armen, stürzte vorwärts und schrie:

»Nicht dorthin ...! Nicht dorthin, Irene ...!!«

Er hatte erkannt, daß die Frau dem Tore zuschritt, das den Hof der Tiger verschloß.

Sie hörte sein Schreien nicht.

Unaufhaltsam glitt sie weiter und erreichte das erzene Tor. Sie hob die Hände zu seinen Riegeln ...

Dem Mann trat das Blut in die Augen. Er rief, aber er vernahm keinen Laut von seinen Lippen. Er rannte, aber der Marmor des Bodens schien saugender Sumpf geworden zu sein und knebelte ihm die Füße, daß er sie zu jedem Schritt mit aller Kraft befreien mußte.

Er rief den Namen seiner Frau mit der Wut der siedenden Angst, unaufhörlich schrie er nach ihr. Aber sie hörte nicht. Sie hatte die Hände erhoben, daß der dünne Schleier über ihre Arme zurückfiel, und schob den gewaltigen Riegel, der das Tor in seiner Mitte zusammenhielt, aus den eisernen Klammern.

Weit klaffend öffneten sich die Flügel des Tores; hinter ihnen lag die Dunkelheit. Diese Dunkelheit schluckte die Gestalt der Frau ein. Das Tor schloß sich hinter ihr lautlos, wie es sich geöffnet hatte. Und es stand hochaufgerichtet, mächtig und finster da, von keinem Licht getroffen.

Der Mann erreichte das Tor und fiel an ihm zu Boden. Es war, als wären ihm die Sehnen zerschnitten worden, als baumelten ihm die Glieder haltlos am Leibe. Mit einer übermenschlichen Anstrengung richtete er sich auf, tastete nach dem Riegel, packte ihn und riß an den Flügeln des Tores.

Sie rührten sich nicht.

Der Riegel war zurückgeschoben; das Tor besaß kein Schloß. Vor weniger als einer Minute hatte es sich aufgetan, mit schwer klaffenden Flügeln gestanden. Jetzt schien es nur ein Einziges zu sein, unteilbar, unerschütterlich, nicht ein Tor – eine Mauer aus Erz, aus einem Stück Erz gegossen.

Michael Fürbringer stemmte seine Schultern, seine Knie, seine Fäuste anstürmend gegen den eisernen Widerstand. Nicht das leiseste Zittern im Gefüge antwortete seiner rüttelnden Wut, einer Angst, die kein menschliches Maß mehr hatte.

Er hob seine blutigen Augen zum Himmel, den er nicht fand. Er schrie nicht mehr; aber der Name seiner Frau war in jedem Atemzug, der über seine röchelnden Lippen hastete.

Und zuletzt, da er seine Kräfte erschöpft hatte bis zur Grenze der Besinnungslosigkeit, brach er zusammen und lag vor dem riesenhaften, schwarzen Tor, die Stirn auf den Steinen.

Als er den Kopf wieder hob, hatte er stumpfe Augen. Er sah sich um. Eine bleiche, graue Dämmerung herrschte unter den Säulen, die Hochgewölbtes trugen.

Michael Fürbringer stand auf. Er dachte nichts. Er fühlte nichts. Er ging sinnlos geradeaus, wo der Weg frei war, erreichte die

Treppe und stieg sie hinauf und stand nach hundert Schritten vor der Tür seines Wohnzimmers.
Er ging hinein und brachte die Willenskraft nicht auf, sie hinter sich zu schließen. Er trat in sein Schlafzimmer, warf sich in den Kleidern aufs Bett und lag mit tauben Gliedern. Er schloß die Augen, und sein Einschlafen war wie Sterben.
Ihm folgte tiefstes Nichts ...

VI

Fürbringer erwachte, ohne die Augen zu öffnen, von dem Geräusch eines sanften, gleichmäßigen Regens. Auf dem Rücken ausgestreckt, die Hände flach an den Seiten ruhend, lag er still und horchte auf den vertrauten, fast herzlichen Laut, der so ganz mit sich selbst beschäftigt war. Er war müde auf den Tod und hatte doch das Gefühl, eine Kette von Ewigkeiten verschlafen zu haben.

Er wollte sich auf seine Hände stemmen, um sich aufzurichten, aber seine Hände versagten ihm den Dienst. Sie knickten in den Gelenken zusammen. Mit einer Bewegung des Stumpfsinns hob er sie auf wie etwas Fremdes, nicht zu ihm Gehörendes, und betrachtete sie. Sie waren dunkelrot und geschwollen; an den Knöcheln stand über Wunden geronnenes Blut.

Das Erztor.

Michael Fürbringer stöhnte in sich hinein. An seinen zerschundenen Händen war ihm die Erinnerung an den rasenden Spuk der Nacht wiedergekommen. Er wandte den Kopf zur Seite, starrte nach den Fenstern ...

Sie schienen fließendes Gold zu sein.

Die Rolläden, aus Holzfasern künstlich geflochten, waren herabgefallen und wurden von außen überspült von einem feinen, unablässig niederrieselnden Wasserfall, der im Feuer der Sonne dampfte. Am Kopfende des Bettes stand Nissa und ließ den Windfächer schwingen. Auch das Gewebe des Punka war durchfeuchtet von einer starken und erquickend duftenden Flüssigkeit.

Fürbringer drehte den Kopf zurück und schloß die Augen. Er preßte die Zähne zusammen und horchte, bis das Brausen seines Blutes ihm wie eine Maske vor den Ohren lag.

»Nissa!«

»Sahib?«

»Warum sind die Tiger so still?«

»Sie sind fort, Sahib«, antwortete der Inder schläfrig.

»... Fort ...?«
»Ja, Sahib.«
»Sie sind nicht mehr in dem Hof, der unter meinen Fenstern liegt?«
»Nein, Sahib.«
Fürbringer hielt den Atem an.
»Seit wann?« fragte er verhalten.
»Seit gestern morgen ... Unser Herr wünschte nicht, daß du noch einmal gestört werden solltest vom Geräusch ihrer Füße. Du wirst sie nicht wieder hören.«
Fürbringer entgegnete nichts. Er rang das Würgen nieder, das ihm nach der Gurgel griff. Er spürte vor seinen geschlossenen Lidern den goldenen Taumel des Lichtes, das sich im Rieseln des Wassers badete, und er empfand jede Schwingung des Windfächers wie ein Geschenk an Kraft.
Der Fürst hat recht, dachte er. Die Nächte dieses Landes sind entsetzlich – man darf sie nicht wachend erleben wollen. Aber die Tage sind doppelte Tage; und ich will sie benutzen.
Während er sich erhob, in Eiswasser badete und sich von vier braunen Schatten, die einander beständig im Wege waren, ankleiden ließ, weil er seine Hände nicht zu rühren vermochte, entwarf er seine Pläne; beim Frühstück ging er an die Ausführung.
Er fragte nach Ramigani.
Ramigani trat ein. Er grüßte, die Hände zur Stirn erhebend, und blieb an der Tür stehen.
»Höre, Ramigani!« begann Fürbringer mit einer gewissen Kraftentfaltung, »ich langweile mich.«
In dem Gesicht des Inders regte sich kein Muskel. Er sah seinen abendländischen Gebieter schwermütig an.
»Befiehl, Sahib«, sagte er.
Fürbringer schüttelte den Kopf. »Ich möchte deine Vorschläge hören, mein Freund«, sagte er aufmunternd.
Ramigani verbeugte sich.
»Du hast Macht über alles, was Eschnapur besitzt, Sahib. Fünfhundert Pferde, mit Augen, deren jedes einen Goldbarren wert ist,

warten darauf, daß du sie besteigst. In den Höfen schreien die Kamele, sie bieten dir ihre Rücken dar, und ihre Höcker strotzen von Kraft. Befiehl, und die Elefanten knien vor dir nieder, daß du ihre Rücken ersteigen mögest; sie machen die Erde dröhnen mit dem Gestampf ihrer Beine und dem Geschmetter ihrer Stimmen. Wenn du jagen willst, so nenne das Tier, das du suchst, und die Jäger des Fürsten werden dich zu seiner Sänfte bringen. Sie sind kühn und fürchten den Tod nicht.«

»Später, Ramigani«, antwortete Fürbringer; »ich habe mir die Hände verletzt – laß sie heilen!«

»Soll ich dir die Zauberer rufen, Sahib? Sie, die Feuer verschlingen, an deren nackter Haut die Schärfe des Stahles stumpf wird, die Bäume wachsen lassen aus einem Fruchtkern, daß du den Duft ihrer Blüten atmest und zuletzt mit deiner eignen Hand die reife Frucht von den Zweigen brichst und ihre Süße schmeckst? Oder willst du die Schlangenbeschwörer kommen lassen, die den Sinn der Kobra berücken mit dem Ton ihrer Flöte, daß sie, die Heilige, die Tödliche, tanzt?«

»Laß sie am Abend kommen, Ramigani! Die Sonne des Mittags ist eine Feindin der Zauberei.«

Ramigani zögerte. »Die Tänzerinnen des Fürsten, o Sahib, sind um ihrer Schönheit willen berühmt. Willst du sie sehen?«

Fürbringer hob den Kopf und sah dem Inder mit einem stillen Lächeln ins Gesicht. »Gibt es auch Frauen in eurem wunderlichen Lande?« fragte er. »Ich glaube, daß sie Durga gleichen, weil sie sich dem Blicke so ganz entziehen.«

»Sieh sie dir an, Sahib!« sagte der Inder einfach.

Fürbringer schob die Lippen vor. »Vielleicht«, meinte er. »Gib mir eine Zigarette, Nissa!«

Nissa gehorchte. Fürbringer stand auf und ging im Zimmer hin und her. Ramigani stand unbeweglich an der Tür.

Fürbringer warf die Zigarette fort und wandte sich um. »Nun?« fragte er. »Geh voran, Ramigani!«

Der Inder öffnete die Tür vor ihm. Sein messingfarbenes Gesicht war ebenso leer und ebenso aufreizend wie seine Höflichkeit. Für-

bringer blickte auf den mageren Nacken und die unmännlichen Schultern des Voranschreitenden. Er betrachtete ihn, diese Vollkommenheit des Gehorsams, mit der sichersten Überzeugung von der Unfehlbarkeit des Instinkts, mit dem dieser Mensch die Grenzen innehalten würde, die sein abwesender Herr seiner Untertänigkeit gegen den Fremden gezogen hat.
Fast ohne es zu wollen, rief er ihn an: »Höre, Ramigani ...«
Der Inder blieb stehen und sah sich um.
»Sahib?«
»Liebst du deinen Herrn?« fragte Fürbringer etwas zögernd.
Die glühenden und dennoch leeren Augen des Inders hielten seinem Blicke stand. Für die Dauer weniger Atemzüge verkroch sich der Ausdruck seines Gesichts so gänzlich bis unter die Haut, daß er fast einfältig aussah.
»Warum sollte ich ihn nicht lieben?« entgegnete er sanft.
»Wenn du es nicht tätest«, sagte Fürbringer, ohne ihn aus den Augen zu lassen, »dann würdest du wissen, warum.«
»Ja, Sahib«, antwortete der Inder.
Er wartete, ob Fürbringer noch etwas hinzuzufügen hätte, wartete mit großer Höflichkeit. Der metallische Ton seiner Haut war ausgelöscht.
»Gehen wir weiter«, sagte Michael Fürbringer.
Der Weg, den sie machten, führte sie in den südlichsten Teil des Palastes, und sie brauchten nahezu eine Viertelstunde, um ihn zurückzulegen. Ramigani schlug einen Vorhang zurück, dessen Brokatstoff in schweren Falten erstarrte.
»Tritt ein, Sahib!« sagte er, zur Seite tretend.
Der Raum, der Fürbringer empfing, war klein, rund und leer bis auf einen köstlichen Teppich und einige Polster an den Wänden.
»Setze dich nicht, Sahib«, sagte der Inder mit der schwermütigen Bestimmtheit der Wissenden. »Die Krait braucht wenig Platz, und sie ist tödlicher als die Kobra.«
Er wandte das Polster um und glättete eine Falte des Teppichs.
»Glaubst du, gegen Schlangen gefeit zu sein, daß du mit nackten Händen nach ihnen suchst?« fragte Fürbringer.

Der Inder sah ihn an.
»Sie können mich nicht töten, wenn es mir nicht bestimmt ist«, antwortete er. »Und wenn es mir bestimmt ist – wie sollte ich mich vor ihnen schützen?«
»Und ich?« fragte Fürbringer lächelnd.
»Du bist ein Fremder.«
Fürbringer schwieg. Er setzte sich.
»Soll ich die Tänzerinnen rufen?« fragte Ramigani.
»Rufe sie!«
Der Inder verschwand durch eine Seitentür. Als er zurückkam, folgten ihm fünf Mädchen, bei deren Anblick Fürbringer sich unwillkürlich zurücklehnte, denn sie schienen in ihrer Gesamtheit den kleinen Raum auseinandersprengen zu wollen. Sie glichen den heiligen Zebukühen, die in ihrem eigenen Fett ersticken; sie dampften von Schweiß und klirrten einher wie Gepanzerte unter der Last ihres Schmuckes. Auf den Zehen ihrer nackten Füße funkelten Smaragde, und ein Smaragd funkelte ihnen im linken Nasenflügel.
Ihr Lächeln war das Lächeln gottwohlgefälliger Torheit, und ihre Zähne waren rot wie Granatblüten von dem geheimnisvollen Allerlei, das sie, in die Blätter des Betelstrauchs eingewickelt, geklaut hatten.
»Befiehlst du, daß sie tanzen sollen, Sahib?« fragte der Inder.
»Nein, mein Freund«, sagte Fürbringer kurz.
Ramigani verzog keine Miene. Er hob die Hand, und die menschlichen Zebukühe entfernten sich mit demselben lächelnden Stumpfsinn, mit dem sie gekommen waren. Ramigani stieß einen Ruf aus, einen kurzen, scharfen Kehllaut.
Ein altes Weib von der Häßlichkeit einer Dämonin erschien, ohne den Fremden eines Blickes zu würdigen, und hielt den Vorhang der Türe mit einem Griff ihrer Krallenhände zurück.
Unter diesem Vorhang kam der Zug der Frauen herein, eine nach der anderen, geschmückt wie die Götzenbilder, von fremden, betäubenden Düften umwogt, die älteren, die höchstens sechzehn Jahre zählten, mit verschwommenen Zügen und fett wie das gemästete

Laster – die jüngeren, kaum der Kindheit entwachsen, sehnsüchtig hingleitend in einer wunderlichen Gerecktheit der Körper, die an Orchideen erinnerten, an diese wilden Tiere unter den Blumen.
Die jüngsten, voll aufgeblüht zu einer süßen und wilden, gleichsam überstürzten Liebesbereitschaft, die Furcht zu haben schien, das Leben zu versäumen.
Sie alle, so viele ihrer waren, sprachen im Vorübergleiten mit den geschminkten Lippen grüßende Worte einer verzückten Zärtlichkeit, halblaut, fast nur hauchend, wie ein heißer Wind über einen Wald hingeht.
»Willst du wissen, was sie sprechen?« fragte Ramigani, der am Boden kauerte. »Sie sagen: ›Erwähle mich zu deiner Sklavin, o du mein Geliebter, du Licht vom Himmel, du Strom der Glückseligkeit! Laß mich der Teppich unter deinen Füßen sein, der Becher, aus dem du trinkst! Vergönne mir, an deinem Knie zu sitzen, o du Auserwählter unter den Söhnen der Menschen, und laß mich dir Kühlung zufächeln, wenn die Sonne im Mittag steht ... Höre meine Stimme, die nach dir ruft, die Stimme meines Herzens, das die Sehnsucht nach dir verbrennt! Höre mich, o mein Geliebter!‹«
»Es klingt schön, was sie sagen, die Mädchen deines Landes«, meinte Fürbringer, ohne den Kopf zu wenden. »Aber du wirst begreifen, Ramigani, daß Liebesworte eine Übersetzung nicht vertragen. Und eine stumme Freundin ist wie eine stumme Flöte. Ich aber liebe die Musik des Holzes und der Menschen ... Ist keine unter den Frauen des Palastes, die ein wenig von den Sprachen des Abendlandes verstünde?«
»Nein, Sahib.«
»Wirklich nicht?«
»Nein, Sahib.«
Fürbringer sah den Inder an; er drückte die Lider leicht zusammen.
»Ich glaube, du lügst, mein Freund«, sagte er gelassen.
»Ich lüge nicht, Sahib. Es ist ein Weib hier im Palaste, das etwas Englisch spricht, aber ...«

»Aber?«

Das Gesicht des Inders wurde hart vor Verachtung. »Sie ist nicht wert, daß ihr Name deinen Mund beschmutzt, Sahib. Ihr starb der Mann.«

»Ich bin ein Europäer, Ramigani.«

Ramigani hob die Hände zur Stirn. Sein Messinggesicht blieb unbewegt.

»Willst du sie sehen, Sahib?«

»Ja. Ich will sie sehen.«

Irgend etwas in dieser Antwort veranlaßte den Inder, aufzublicken. Aber Fürbringer lächelte wie ein Mensch, der sich auf die landesübliche Weise und ergeben langweilt. Und Ramigani verscheuchte die Frauen mit einer Handbewegung, ging und kam wieder.

An seinen Fersen folgte ihm ein Kind – ein Mädchen.

Es war ein jämmerliches Geschöpf, von Schmutz starrend, mit den Augen nie gestillten Hungers und den schmalen Schultern der Angst. Ein Wort Ramiganis ließ sie wie ein Bündel Lumpen an der Türschwelle niederfallen und den Boden mit der Stirn berühren. So blieb sie liegen, zitternd wie ein junger Vogel, von ihrem verwahrlosten Pechhaar überspült.

Fürbringer stand auf. Seine frische, europäische Haut, seine Nase und seine Augen empfanden unleugbaren Ekel. Aber das Mitleid behielt die Oberhand.

»Steh auf, Kind!« sagte er. Es kreuzte die Arme vor der Brust, daß die Hände auf den Schultern lagen, und drückte sich, offenen Mundes, mit den blöden Zügen der Furcht, die Stumpfsinn geworden ist, an die Mauer neben der Tür.

»Ramigani sagte mir«, fuhr Fürbringer fort, »daß du ein wenig Englisch verstündest ...«

Das Mädchen schwieg, ihn anstarrend.

»Gib Antwort, du Auswurf!« raunte Ramigani.

»Ja«, sagte das Mädchen, wie aus dem Schlaf heraus.

Es war dem Ausdruck des Gesichts anzusehen, daß sie das Wort wie die Bedeutung dessen, was sie hörte, aus einer langverschütteten Grube ihres Gehirns ausgraben mußte.

»Wer ist das Mädchen?« fragte Fürbringer den Diener halblaut.
»Es ist die Tochter eines reichen Mannes, der mehr Rupien besaß, als Wellen in einem Fluß sind, o Sahib. Darum wurde sie einem Fürsten vermählt, der alt war, ehe sie gehen konnte. Sie brachte ihm den Reichtum ihres Vaters, und er starb und ließ ihn seinem Sohne, und seine Leiche wurde verbrannt am Ufer des heiligsten Ganga. Seine Witwe, die sieben Jahre zählte, stand dabei, und sie fühlte die Sperre des Hasses und der Verachtung, weil die Götter sie ausgestoßen und des Mannes beraubt hatten. Sie wollte ins Feuer laufen, und man hätte sie ruhig laufen lassen sollen. Aber ein Narr hielt sie fest und brachte sie in das Haus, in dem fremde Frauen ihr Leben vergeuden, um schmutzige und verworfene Dinge, wie kleine Kinder, die Witwen sind, aufzuziehen und der Welt eine Last zu geben. Von dort hat unser Herr sie mitgebracht. Warum? Die Laune trieb ihn, der Herrin eine Dienerin zu geben, die selbst eine Fürstin gewesen war. Er brachte eine Krähe ins Haus.«
»Nun, Ramigani«, sagte Fürbringer, ins Leere blickend, »mich lockt es auch, eine Dienerin zu haben, die eine Fürstin war ... Schicke das Mädchen ins Bad und laß ihr Haar waschen und flechten, gib ihr Kleider, die schön und sehr sauber sind, und weiche Schuhe, wie ihr sie tragt. Und wenn sie gebadet hat, bringe sie zu mir, daß sie mir Gesellschaft leiste ...«
Ohne Ramigani Zeit zu einer Antwort zu lassen, verließ er das Gemach.
Als er eine Stunde später, mit den Plänen des Grabmals beschäftigt, in seinem Arbeitszimmer saß, tat sich lautlos die Tür auf.
Er wandte sich um. Auf der Schwelle stand Ramigani. Er stieß das Mädchen an der Schulter herein und schloß die Tür hinter ihm. Seine Bewegung verachtete zugleich das Mädchen und den Mann.
Fürbringer betrachtete das Kind, wie er eine Merkwürdigkeit unter den Blumen betrachtet haben würde, einen rätselhaften Stein oder ein seltsames Tiergeschöpf. Es war ihr anzusehen, daß sie heftig gebadet hatte; ihre braune Haut leuchtete vor Frische. Das

sehr lange Haar war noch feucht, sie hatte es an den Schläfen geflochten, daß die breit niederfallenden Zöpfe ihr schmales Gesicht noch schmaler machten.
Sie hatten ihr ein indigoblaues, hemdartiges Gewand gegeben, das bis auf die Knöchel fiel. Ihre Füße steckten in Bastschuhen. Sie trug keinerlei Schmuck.
Der Ausdruck ihres kleinen Gesichts zeigte weder Glück noch Kummer, weder Hoffnung noch Angst. Nur eine grenzenlose Verwirrtheit prägte sich in ihm aus.
Unwillkürlich mußte Fürbringer lächeln.
»Wie heißt du, Kind?« fragte er brüderlich.
Es dauerte lange, ehe das Mädchen Antwort gab. Es schien, als müsse sie sich nicht nur auf die Worte, sondern weit mehr noch auf sich selbst besinnen. Sie schien vergessen zu haben, daß sie einen Namen besaß, und schien sich noch mehr zu wundern, daß ein Mensch nach diesem elenden Namen fragte.
Sie öffnete die Lippen mit einer fast körperlichen Anstrengung.
Sie sagte:
»Meine Mutter nannte mich Unglück, mein Vater nannte mich Überdruß. Die weißen Frauen nannten mich Miriam.«
»Waren sie gut zu dir, die weißen Frauen?« fragte Fürbringer.
Verständnislos sah ihn das Mädchen an. Nach einer Weile sagte sie: »Sie haben mich dem Fürsten gegeben.«
Fürbringer begriff, daß dies eine Anklage war.
»Ich will dich auch Miriam nennen«, sagte er zuredend. »Er paßt zu dir, dieser Name, weil man, wenn man ihn hört, an die Bitterkeit der Myrrhen denken muß. Komm zu mir, Kind; fürchte dich nicht! Du sollst bei mir bleiben und mir Geselligkeit leisten, als wärst du ein kleiner Vogel, den ich gefunden habe. Willst du das?«
»Du hast befohlen, Sahib«, murmelte das Mädchen. Sie sah erschrocken aus; sie hatte in ihrem Leben wahrscheinlich noch nie etwas gewollt, außer dem einen: sterben.
Als sie begriffen hatte, daß sie den fremden Gebieter unterhalten

sollte, kramte sie verstört und schüchtern ihre armen Künste aus: »Willst du, daß ich tanze, Sahib? Oder soll ich singen?«
Fürbringer stand auf und näherte sich ihr. Und der Mann des Abendlandes blickte in großer Ergriffenheit auf das ganz glücklose Geschöpf einer fremden Welt, die im Schatten lag, wie es sich schmal und zerdrückt an die Mauer drängte und zu ihm aufsah mit dem Blick der Tiere, die wissen, daß sie sterben sollen.
Er streckte die Hand aus und strich dem Mädchen über das Haar. Er tat es immer wieder, mit der sachten Bewegung eines Bruders, der seine kleine Schwester liebt und sie trösten möchte, ohne zu wissen, wie er es anfangen soll.
Er dachte an seine Frau: Ja, wenn du da wärest! Du brauchtest nur zur Tür hereinzukommen und zu lächeln – brauchtest nur mit deiner schönen schenkenden Gebärde die Arme auszustrecken und diese Seele wäre dein. Du würdest mit ihr plaudern von Sonne, Mond und Sternen, würdest sie nach dem Namen eines Vogels fragen oder nach der Stelle des Gartens, wo der Hibiskusstrauch in Blüte steht. Und das Ende wäre, daß sie weinen und lächeln würde, und daß sie dich liebte ...
Das Mädchen hatte sich unter der Berührung seiner Hand zusammengeduckt und die Augen geschlossen. Nun tat sie sie wieder auf. Und der Blick, mit dem sie den Mann ansah, war schleppend schwer von nichts begreifender Verwunderung; und ganz allmählich entzündete sich in ihm das aufstrahlende Licht einer Dankbarkeit, die nur darum nicht zum Weinen wurde, weil sie fürchtete, zudringlich zu erscheinen.
»Sahib«, murmelte sie und öffnete die Hände wie eine Opfernde, »was willst du von mir? Sage mir, was soll ich tun?«
»Vielleicht, meine kleine Miriam«, entgegnete Fürbringer nicht ohne Schwermut, »wird sehr bald die Stunde kommen, in der ich dich fragen werde, ob du mir helfen willst. Vielleicht werde ich dich bald meine kleine Schwester nennen und von deinen schmalen Füßen und Händen eilige Dienste erbitten. Aber erst will ich, daß du dich nicht mehr vor mir fürchtest, weil ich ein Mensch bin und die Menschen dich gelehrt haben, vor ihnen zu zittern. Ich

will, daß du heiter bist, und du sollst dich freuen. Du sollst dich schmücken und deine eigene junge Herrin sein. Warum drückst du dich so an den Wänden hin? Fürchte dich nicht mehr, denn du hast nichts mehr zu fürchten!«

»Ich will gehorchen, Sahib«, sagte das Mädchen inbrünstig.

Fürbringer verließ das Arbeitszimmer und rief nach Ramigani. Eine große Freudigkeit war über ihn gekommen – das Frohlocken des Gebenden.

»Bringe mir Schmuck, Ramigani – bunten Schmuck, wie ihn die Kinder eures Landes lieben! Und laß mich nicht warten, hörst du?«

Ramigani verschwand. Fürbringer ging im Zimmer hin und her, von einem Fenster zum anderen. Er pfiff. Er spürte zu seiner herzlichen Befriedigung, daß er Hunger hatte.

»Komm, Miriam«, sagte er, sich umwendend, »nimm die schönste Ananas, die du finden kannst, und mische ihren Saft mit Eis! Du sollst mich bedienen, Kind, denn ich kann meine Hände nicht rühren.«

Die entsetzten Augen des Mädchens hingen an seiner zerschundenen Haut. Sie öffnete die Lippen, aber sie sagte nichts. Sie brach in Tränen aus.

»Es ist ja nichts – es ist ja nichts, du Kind!« meinte Fürbringer glücklich.

Aber sie kauerte sich in einen Winkel, drückte das Gesicht gegen die Wand und weinte.

Fürbringer ließ sie gewähren.

Ramigani trat wieder ein. Ihm folgte ein Tamile, der einen flachen Korb auf beiden Händen trug. Wie Wein über den Rand eines Bechers tropften Glasketten, bunter Tand, hochaufgehäuft, ein gefangenes Feuerwerk, über den Rand des Korbes.

»Der Schmuck, Sahib!« meldete Ramigani feindselig und feierlich.

»Gib ihn her!«

Der Diener gehorchte; er verließ das Zimmer. Ramigani blieb stehen. Er sah zu dem Mädchen hinüber.

»Ich brauche dich nicht mehr, Ramigani«, sagte Fürbringer gleichgültig.

Der Inder sah ihn an, verneigte sich und ging.

Fürbringer nahm den Korb und schüttete seinen Inhalt auf den Tisch, daß es war, als zerspränge ein niederfallender Regenbogen zu tausend Tropfen siebenfarbigen Feuers.

»Nun wähle, Kind!« sagte er und lachte.

Miriam wandte sich um. Einer der großen, grünen Steine, wie sie die Nasenflügel der Frauen schmückten, war über den Marmor des Bodens bis vor ihre Füße gerollt. Sie bückte sich gedankenlos und hob ihn auf. Sie sah Fürbringer an und ließ den Stein wieder fallen. Ihre Lippen zitterten. Der Ausdruck ihres Gesichts war beinahe vorwurfsvoll.

»Warum wirfst du ihn fort?« fragte der Mann, »ist er dir nicht schön genug? Dann suche dir einen anderen aus, der größer ist und noch heller funkelt! Sei wählerisch, kleine Miriam, denn du sollst das Schönste haben, was Ramiganis schlechte Laune für uns aufgetrieben hat!«

Miriam blieb ganz ernst. Sie begriff nichts – oh, nicht das geringste! Der Sahib war vergnügt; er machte sich einen Scherz mit ihr. Was hätte ihn davon abhalten sollen?

Sie zog die Schultern zusammen, als ob sie fröre.

»Nein, meine kleine Miriam – es ist durchaus kein Scherz«, sagte Michael Fürbringer auf den stummen Blick ihrer Augen.

Und als sie begriffen hatte, nach vielen, vielen Minuten dumpfen Staunens, hoffenden Zweifels, da stieß sie einen Schrei aus – einen hohen, schrillen Schrei, wie ein junges, wildes Tier, aus dem das Blut schreit, lief auf den Tisch zu und faßte mit beiden Händen, sie füllend und schöpfend, als ob sie Wasser griffe, in das kalte, tolle Feuer der hingeschütteten Steine. Und immer wieder ihre kleinen, spitzen Schreie ausstoßend, wie wenn die aufzuckenden Funken des geschliffenen Glases ihr die Haut der Fingerspitzen versengten, ließ sie fallen, was sie eben erfaßt hatte, nahm es wieder auf und warf es abermals hin und trieb dieses Spiel der kindischen Verzücktheit, als würde in jedem bunten

Strahl, der ihr Herz tanzen machte, ein Tag des Elends ungeschehen.
Sie steckte sich Spangen ins Haar, wand sich Ketten um Hals und Arme, schmückte sich die Knöchel und die Handgelenke. Und zuletzt, da all dies noch nicht genug war, raffte sie ihr blaues Kleid zum Bausch, worauf sie ganz versunken, ganz vergessend, wo sie war, das Spiel der sieben Feuer weiterspielte.
Fürbringer hatte sich an eins der Fenster gesetzt und sah ihr zu. Und als sie endlich, wie erschöpft von zu großer Freude, Arme und Hände sinken ließ und regungslos, schimmernd in ihrem wohlfeilen Schmuck, mit halbgeschlossenen Augen, lächelnd wie eine kleine, zärtliche Gottheit des Glücks auf den Knien lag, rief er sie an.
»Willst du mir nicht zu trinken geben, Miriam?«
Sie lächelte aus ihrer Seligkeit heraus, ganz ohne Schuldbewußtsein. Sie hatte ihre erste Pflicht versäumt – ja! Aber sie war glücklich gewesen. Hatte der Sahib ihr nicht geboten, glücklich zu sein?
Sie stand auf, achtlos die Falten ihres Kleides lösend, daß von ihrem Schoß die sprühenden Steine wie Regen niederglitten. Aber sie kümmerte sich nicht darum.
Sie wählte die schönste Frucht, wie der Sahib befohlen hatte, löste die harte Schale mit dem Messer und ließ den Saft aufs Eis tropfen.
Sie brachte das Glas ihrem Herrn und reichte es ihm mit einer Gebärde, die an Inbrunst und Zartheit ein Opfer darzubringen schien.
»Ich danke dir, Miriam«, sagte der Mann.
Sie blieb bei ihm stehen, während er trank, und blickte auf seine Hände. Und plötzlich wandte sie sich um und lief aus dem Zimmer, daß die Spangen ihrer Knöchel klangen.
Als sie gegangen war und Fürbringer sich allein befand, in dem Raum, der noch eben angefüllt gewesen war mit dem Jammer der Erlösung und der Glückseligkeit eines Kindes, und der nun plötzlich leer und ausgelöscht erschien, kam über den Mann eine grundlose Erschöpfung und Traurigkeit. Es war, als hätte sein Leben einen Sprung gemacht, und als müsse er nun den Sprung noch rückwärts tun.

Er stützte den Kopf in seine schmerzenden Hände und schloß die Augen.
Vielleicht, dachte er, ist alles, was ich tue, ganz sinnlos. Vielleicht gehe ich in die Irre und entferne mich immer weiter vom Ziel ... Vielleicht gewinne ich aus alledem nichts anderes als die Tränen und die schrillen, kleinen Freudenschreie eines fremden Kindes. Was sind wir? ... Segel im Wind ...
»Sahib«, bat die Stimme Miriams neben ihm, »willst du nicht erlauben, deine Hände zu heilen?«
Er sah auf in das Gesicht des Mädchens.
Sie hielt in der Linken eine Muschelschale, mit einer hellen Salbe gefüllt; ihre Mundwinkel zitterten.
»Kannst du das, du Kind?« fragte Fürbringer, ernst lächelnd.
»Ja, Sahib«, antwortete sie einfach.
Er sagte nichts mehr. Sie kauerte sich vor ihm nieder und stellte die Muschelschale vor ihre Knie. Und Michael Fürbringer überließ seine Hände ihrer Sorgfalt, die nicht weit von Anbetung war.
Sie salbte die wunden Stellen, und ihre Finger waren gelinder bei diesem Werk als fallende Blütenblätter, und sie kühlte die verletzten Knöchel, hielt sie und beugte sich darüber, und sie weinte.
»Sahib«, sagte sie und schüttelte den Kopf, während sie mit tränenüberströmten Augen zu ihm aufsah, »wie konnte das geschehen, daß deine Hände so krank wurden?«
Fürbringer gab nicht gleich eine Antwort. Er hielt den Blick des Mädchens fest. Er ließ das Senkblei seines eigenen Blickes in diese tiefen, flutenden Kinderaugen fallen, als suche er auf ihrem Grunde eine Stelle, wo er sich selbst verankern könnte.
Und schließlich sagte er mit einer Stimme, die vor Erregung ganz tief geworden war und zu erlöschen drohte: »Meine kleine Schwester, ich habe mir meine Hände zerschlagen an einem Erztor, hinter dem eine Frau verschwunden war. Und ich glaube, diese Frau war die meine.«
»Willst du sie sehen, Sahib?« fragte das Mädchen.
Fürbringer starrte sie an.
»Wen ...?!«

»Deine Frau, Sahib.«
Fürbringer stand auf; er taumelte.
»Du sprichst von meiner Frau?«
»Ja, Sahib.«
»Es ist also wahr, daß sie hier ist...?!«
»Sie ist hier.«
»Und du – du hast sie gesehen?«
»Ja, Sahib.«
Fürbringer blieb stehen. Er dachte nach, mit zusammengeschnürten Brauen vor sich hinstarrend. Er fühlte das tosende Schlagen seines Herzens im Halse und schluckte. Er stieß den angehaltenen Atem durch die Nasenlöcher in einem langen, röchelnden Ton.
»Höre, Miriam«, sagte er, ohne das Mädchen anzusehen, »überlege dir jedes Wort, ehe du sprichst! Von deinen Worten hängt vielleicht mehr ab, als du ermessen kannst. Sage mir: Weiß der Fürst – weiß Ramigani – weiß irgend jemand hier im Palaste, daß du meine Frau gesehen hast?«
»Niemand, Sahib«, antwortete das Mädchen.
»Niemand?«
»Niemand, Sahib.«
»Bist du dessen ganz gewiß?«
»Ganz gewiß, Sahib.«
»Es ist gut«, sagte Fürbringer, tief Atem holend. Er sah das Mädchen an und lächelte sein ernstes Lächeln.
»Meine kleine Schwester – willst du mir helfen?«
Das Mädchen drückte seine Stirn auf den Boden.
»Ja, Sahib«, sagte sie, als löse sie sich auf.
Fürbringer erwiderte nichts.
»Rufe Ramigani!« sagte er.
Ramigani kam. Fürbringer war auf dem Wege nach seinem Arbeitszimmer, als der Inder eintrat.
»Melde dem Fürsten«, sagte er, »daß ich mich entschlossen hätte, das Grabmal zu bauen, und nur auf sein Kommen wartete, um mit der Arbeit zu beginnen...«

VII

»Du mußt Geduld haben, Sahib«, hatte Miriam gesagt.
Fürbringer hatte keine. Miriam dafür um so mehr. Immer wieder und immer mit derselben sanften Geschäftigkeit erzählte sie dem Mann, der mit seinen Fragen ihr Herz und ihr Gehirn umschütten wollte wie Gefäße, wo und wann sie der weißen fremden Frau begegnet war. Und immer wieder sagte sie ihr sicheres Ja, wenn er Bestätigung haben wollte für die Kennzeichen, mit denen sein Verstand und seine Liebe die Frau beschrieben.
Ja, sie hatte blondes Haar und ein reines, bleiches Gesicht, an dem rasches Blut beständig zum Verräter wurde. Ja, sie hatte eine kleine Narbe über der linken Braue und anbetungswürdige Hände. Sie hatte auch die Gewohnheit, wenn sie schweigend stand, diese schönen, vielgeliebten Hände leicht ineinanderzufalten und so lange still dazustehen und einem Redenden zuzuhören, was noch den Eindruck verstärkte, als ruhe sie in sich selbst.
Ja, sie war schön wie die Erfüllung, und wenn sie lächelte, war es wunderlich, daß die Dunkelheit nicht zu Helle wurde vor der Zeit und die kleinen Vögel nicht zu singen begannen um Mitternacht.
Und Miriam hatte sie gesehen, als sie kam, denn sie war von den anderen Mädchen fortgeschlichen, weil jene sie gequält hatten wie Skorpione.
Da sah sie die Frau.
»Ist sie nicht schön, Miriam ...?«
»Ja, Sahib, sie ist schön ...«
Oh, sie hatte sie lange angesehen, im Pfeilerwerk der Treppe versteckt. Niemand hatte ihrer geachtet; auch war es dunkel gewesen, wo sie kauerte. Und sie hatte sich nicht gerührt.
»Sei ohne Sorge, Sahib ...«
Wo die Herrin war? Das wußte Miriam nicht. Der Palast hatte viele Gemächer, und Ramigani – oh, Ramigani hatte die Augen einer Krähe. Man mußte sich hüten vor seinen Augen. Aber da der Sahib sich sehnte, zu erfahren, wo die weiße Frau atmete, und da

ihm das Herz brannte, ein Zeichen ihrer Gegenwart in seinen Händen zu halten, bis er sie selbst, die Frau, die sehr geliebte, in seinen Armen hielt, so würde sie hingehen, die kleine Miriam, die er seine Schwester genannt hatte, und würde die Krähenaugen Ramiganis blind machen mit List und Mut, o ja, sie hatte Mut, wenn es dem Sahib galt!

Und sie würde eine Stunde finden, in der die weiße Frau allein war, und würde ihr Kleid anrühren und zu ihr sagen: Mich schickt der Mann, der dich liebt, und dessen Seele krank ist, da er sich sorgt um dich ... Und sie würde wiederkommen und ein Zeichen bringen – ein Zeichen, das sich mit den Händen greifen ließ.

»Aber du mußt Geduld haben, Sahib.«

Fürbringer sah ein, daß er das mußte. Aber er hatte das Fieber in allen Nerven. Um mit ihm und mit sich auf gute Weise fertigzuwerden, griff er nach dem einzigen Mittel, das ihm zur Verfügung stand und ein untrügliches war: er arbeitete. Obwohl er wußte, daß er das Werk, das indische Grabmal, nie ausführen würde, liebte er es doch mit einer schmerzlichen Schöpferliebe und freute sich am Reifen seiner Pläne.

Er vergnügte sich daran, aus dem ungeheuren Chaos des Ganzen einzelnes herauszulösen und ihm Vollendung zu verleihen – die zarte, starke und vollkommene Vollendung des Gedankens. Vielleicht gerade, weil er entschlossen war, in Wirklichkeit seine Weigerung, der Totengräber einer Getöteten zu werden, aufrechtzuerhalten, vielleicht gerade, weil seine Meldung an den Fürsten, daß er das Grabmal bauen wolle, nur Schachzug gegen Schachzug war, wuchsen seine Entwürfe ohne jede Hemmung über sich selbst hinaus, das menschliche Maß verleugnend.

Und es konnte ihn, wenn er seine Pläne vor sich ausbreitete, sie entrollte unter dem Sturz des weißen Lichtes, dessen Warten nun doch belohnt zu werden schien, ein solcher Rausch, eine solche Erschütterung des Schaffens überkommen, als hielte er in seinen beiden Händen die Welt des ersten Schöpfungstages, um sie der Ewigkeit zu schenken ...

Seine Hoheit, der Fürst von Eschnapur, hatte die Meldung Ramiganis empfangen und nahm sie anscheinend durchaus ernst. Wenige Stunden, nachdem Fürbringer den Diener zu ihm geschickt hatte, ließ er sich durch Nissa bei Fürbringer melden. Er streckte seinem Gast die Hand entgegen und schüttelte sie kräftig.

»Sie sind an der Arbeit? Das freut mich!« sagte er, mit einem zupackenden Blick die verstreuten Papiere auf dem Tisch überfliegend.

»Was haben Sie?« fragte er unvermittelt und sah Fürbringer ins Gesicht.

»Nichts von Bedeutung, Hoheit – eine leichte Verletzung der Hand.«

Fürbringer lehnte sich rückwärts gegen den Tisch und steckte die Hände in die Taschen.

Die Augenbrauen des Fürsten zuckten leise. Seine Lider drückten sich zusammen.

»Ich hoffe, es ist wirklich nichts von Bedeutung«, meinte er etwas langsam.

»Durchaus nicht, Hoheit ...«

»Immerhin – nehmen Sie sich mit Verletzungen in acht in diesem Lande! Es ist ein ungünstiges Klima für Wunden aller Art ... Soll ich Ihnen meinen Arzt schicken?«

»Die Sache ist nicht der Rede wert, Hoheit – bemühen Sie sich nicht ...«

»Sie können ruhig Vertrauen zu ihm haben. Ich verfolge mit meinen Ärzten die Maßregeln der Chinesen, die ich als äußerst zweckmäßig befunden habe. Ich bezahle den Mann, dem meine Gesundheit anvertraut ist, ausgezeichnet, solange ich mich wohlbefinde. Werde ich krank, entziehe ich ihm die Löhnung ... Ich muß sagen, daß ich selten krank bin und jedesmal erfreulich rasch genese. Ich würde Ihnen sehr gern Gelegenheit geben, sich selbst von der Zweckmäßigkeit dieses Verfahrens zu überzeugen.«

»Sehr liebenswürdig, Hoheit – meine Hände werden in kürzester Zeit auch ohnedies geheilt sein ...«

Der Fürst lächelte, einen Mundwinkel verziehend. »Sie sind also mit Miriams Pflege vertrauensvoll zufrieden?«

»Vollkommen.«

»Das freut mich ... Im übrigen – ich möchte nicht aufdringlich erscheinen. Es liegt mir nur sehr viel daran, daß Sie unter meinem Dache nichts vermissen, Herr Fürbringer ... Ich habe mich außerordentlich gefreut, als Ramigani mir die Nachricht brachte, daß Sie sich zum Bau des Denkmals entschlossen hätten. Wenn es Ihnen recht ist, besprechen wir zuerst das Geschäftliche der Angelegenheit und setzen den Vertrag auf. Bitte, nennen Sie mir die Summe, die Ihnen für Ihre Arbeit angemessen erscheint. Und seien Sie überzeugt, daß ich mich immer als Ihren Schuldner betrachten werde, der Unbezahlbares kaufte – weit unter seinem Werte!«

»Ich wünsche dieses Werk nicht an Sie zu verkaufen, Hoheit«, sagte Michael Fürbringer.

Die beiden Männer standen sich am Tisch gegenüber. Der Inder hob den Kopf und sah den Deutschen an.

»Wie beliebt?« fragte er.

»Ich wünsche dieses Werk nicht an Sie zu verkaufen, Hoheit«, wiederholte Fürbringer unbetont.

Der Radscha zog sich einen Stuhl heran und ließ sich nieder.

»Bitte, setzen Sie sich doch!« sagte er liebenswürdig. »Es vereinfacht die Verhandlungen ungemein ... Rauchen Sie?«

»Später, Hoheit, wenn ich bitten darf ...«

Das Lächeln des Inders vertiefte sich; es nahm Besitz von allen seinen Zügen.

»Dann werden Sie also gegen mich im Vorteil sein«, meinte er, sich die Zigarette anzündend. »Der Nichtraucher ist immer im Vorteil. Er steht nicht in Gefahr, sich vom Behagen, das der Tabakgenuß bereitet, verleiten zu lassen, nachgiebiger zu sein, als für seine Pläne klug wäre, und achtet schärfer auf die Schwächen seines Gegners. Ich werde also auf meiner Hut sein müssen, und bitte Sie außerdem um Nachsicht, Herr Fürbringer. So sehr ich Ihre Sprache liebe, so fehlen mir doch manchmal die Vokabeln ... Bitte, was meinten Sie mit dem Ausspruch, daß Sie nicht wünschten, mir das Grabmal zu verkaufen? Habe ich Sie mißverstanden, als ich glaubte, Sie wollten den Bau übernehmen?«

»Durchaus nicht, Hoheit. Ich bin im Gegenteil fest entschlossen, das Grabmal zu bauen, und gedenke ohne Verzug an die Ausführung der Pläne zu gehen. Aber – verzeihen Sie, Hoheit – Sie nannten selbst ein solches Werk ein Unbezahlbares ... Kunst sollte nicht käuflich sein. Geld prostituiert. Ich möchte schaffen können ohne die Peinlichkeit des Geldgedankens – nicht für Sie, sondern für mich, Hoheit, und wir würden beide am Ende Grund zur Dankbarkeit haben: Sie für das Werk, ich für die Gelegenheit dazu. Der Vorzug, Ihr Gast zu sein, die Annehmlichkeiten der Reise und die Fülle des Anregenden, die sich mir in diesem Lande bietet, sind eine reichliche Entschädigung für die Zeit, die ich dem Werke widmen muß. Ich bitte Sie darum nochmals, Hoheit, das in Wahrheit Unbezahlbare nicht durch Bezahlung zu entwerten. Ich schaffe – das genügt mir ...«
Der Fürst sah Fürbringer aufmerksam und mit einer gewissen Unentwegtheit an.
»Ausgezeichnet«, sagte er, als Fürbringer schwieg. »Wenn ich Sie also recht verstanden habe, so bieten Sie mir das Grabmal zum Geschenk an ... nicht wahr?«
»Es ist nicht ganz das richtige Wort, Hoheit – aber das einfachste«, entgegnete Fürbringer.
Die schmalen Lippen des Inders klafften ein wenig, als er zu dem Deutschen, der sich erhoben hatte, aufblickte.
»Das wäre ein königliches Geschenk«, meinte er; »fast könnte man in Versuchung sein, zu sagen: ein göttliches ... Es tut mir aufrichtig leid, daß ich nicht reich genug bin, es anzunehmen.«
»Jetzt bin ich es, der um eine Erklärung bitten muß«, sagte Michael Fürbringer. Er kreuzte die Arme über der Brust.
»Sie ist unendlich einfach«, antwortete der Fürst. »Nach meinen Erfahrungen ist Geschenke anzunehmen ein Luxus, den sich nur ganz wenige Menschen erlauben können. Die meisten kommt er so teuer zu stehen, daß er sie zugrunde richtet. Ich bitte Sie daher um die Liebenswürdigkeit, Herr Fürbringer, Ihnen, wenn selbstverständlich auch nicht Ihre Kunst, so doch Ihre Arbeit bezahlen zu dürfen. Diese kleine Vorsichtsmaßregel müssen Sie dem Kauf-

mann in mir zugute halten. Um so mehr, als ich sonst gezwungen wäre, mich selbst beständig zu überbieten. Also bitte, nennen Sie mir Ihren Preis!«

Fürbringer schwieg. Der Radscha stand auf und lehnte sich neben ihm leicht gegen den Tisch.

»Ich weiß, woran Sie denken«, sagte er liebenswürdig. »Sie erinnern sich an meinen Ausspruch über die Käuflichkeit der Menschen. Ich bitte Sie darum, ihn zu vergessen. Und falls Sie das nicht können, lassen Sie mich der Überzeugung Ausdruck geben, daß er an Ihnen unter allen Umständen zuschanden geworden wäre! Genügt Ihnen das?«

Fürbringer verbeugte sich. »Vollkommen, Hoheit ...«

»Wenn es Ihnen also recht ist«, fuhr der Fürst mit der ihm eigenen, knabenhaften Leichtigkeit fort, »dann legen wir unserem Vertrag mein erstes Angebot zugrunde und überlassen es Ramigani, der ein Schriftgelehrter ist, obwohl man es ihm nicht ansieht, die geeignete Form zu finden, die die Rechte beider Teile wahrt. Sind Sie damit einverstanden?«

»Selbstverständlich, Hoheit«, sagte Fürbringer, die Hand des Fürsten ergreifend und schüttelnd.

»Gut, gut ... ich bin froh, daß wir das Geschäftliche erledigt haben. Ich finde, Geldangelegenheiten berauben den Menschen in den meisten Fällen jeglicher holden Täuschung über sich selbst; und da er diese fast immer nötig hat, um das Leben mit dem eigenen Ich ertragen zu können, so ist das doppelt peinlich ... Lassen wir das! Der Zweck meines heutigen Besuches war ein anderer – ich wollte Ihnen den Vorschlag machen, mit mir in die Stadt zu reiten, um Mohammed ben Hassan, den Juwelenhändler, aufzusuchen.«

»Eine Sehenswürdigkeit?« fragte Fürbringer lächelnd.

»Ganz gewiß! Er ist ein Moslem, der das reichste Juwelenlager vielleicht von ganz Indien besitzt und die Hindus ausnahmslos unsäglich verachtet. Was ihn nicht abhält, sie mit der klassischen Geste eines Rechtgläubigen, der den Koran am Halse trägt, zu begaunern. Da aber in diesem gesegneten Lande die Betrügerei allgemein und durch Überlieferung geheiligt ist, so hat Mohammed ben Hassan vor den übrigen Gaunern nichts voraus als die schöne Feierlichkeit seiner Gebärde, die es geradezu zum Genuß macht, sein Opfer zu werden. Er hat mir vor einiger Zeit einen Boten geschickt, der einen sehr schmeichelhaften Spruch aufsagte und mich einlud, die neu eingetroffenen Schätze seines Gebieters in Augenschein zu nehmen. Damals hatte ich keine Lust, denn die Gottheiten in den Tempeln Eschnapurs platzen von Juwelen, und meine Tänzerinnen keuchen unter ihrem Schmuck. Aber jetzt, da Sie im Innern des Grabmals einen Garten aus Edelsteinen pflanzen wollen, bedarf ich der Hilfe Mohammed ben Hassans und bin überzeugt davon, daß er unsere Ansprüche vollauf befriedigen kann.«

»Sie haben zu befehlen, Hoheit, wann Sie aufzubrechen wünschen«, sagte Fürbringer.

»Dann erbitte ich mir Ihre Begleitung in einer halben Stunde ... Ich verspreche Ihnen, daß ich pünktlich sein werde«, fügte er mit einem herzlichen Lächeln hinzu.

Fürbringer begleitete ihn zur Tür. Als er allein war, stemmte er seine Hände flach gegen seine Brust und blies den Atem über die Lippen. Es war nicht möglich, sich diesem Lächeln zu entziehen. Es warb mit der Anmut einer Frau, die ihres Sieges gewiß ist und doppelt schön erscheint, weil sie nichts fürchtet.

Er sah sich nach Miriam um, aber sie befand sich in keinem seiner Zimmer. Nur ihr bunter Schmuck lag in allen Winkeln verstreut, als wäre sie mitten im Spiel davongelaufen.

Vielleicht suchte sie die fremde, weiße Frau, nach der sich die Seele ihres Herrn sehnte ...

Fürbringer fuhr sich mit der Hand über die Stirn; er sah sich fremd um und ging aus dem Zimmer.

Der Fürst hielt Wort – er war pünktlich.

Als sie zusammen über den See fuhren, bückte sich Fürbringer über den Rand des Bootes, als wollte er die Tiefe des Wassers ergründen.

»Sind Sie ein guter Schwimmer?« fragte der Fürst beiläufig.

»O ja«, antwortete Fürbringer; unwillkürlich richtete er sich auf und sah den Fürsten an.
Der blickte über das Wasser hin; er rauchte.
»Es gibt eine eigentümliche Geschichte vom Erbauer des Palastes auf der Insel«, sagte er nachdenklich. »Es wird erzählt, daß er viele Sklaven hatte, und wenn einer von ihnen des Todes schuldig geworden war, schenkte sein Gebieter ihm das Leben unter der Bedingung, daß es ihm gelingen würde, vom Palast aus schwimmend eines der Seeufer zu erreichen. Da er ein etwas ungeduldiger Herr war, mußten sich überraschend viele seiner Sklaven dem Todesurteil und der bedingten Gnade unterwerfen. Die Legende, der man morgenländische Übertreibung zugute halten muß, spricht von nahezu tausend. Die Überlieferungen konnten sich in der Zahl nicht einig werden. Aber sie berichten einstimmig, daß es keinem von tausend gelang, das jenseitige Ufer zu erreichen.«
»Hat die Legende nicht wenigstens den Grund des Mißlingens angegeben?« fragte Fürbringer mit gesenkten Mundwinkeln.
Der Fürst zuckte die Achseln und stäubte die Asche ins Wasser.
»Der Moslem kannte anscheinend die Eigenschaften des Sees, für die er wahrscheinlich sogar verantwortlich war. Die Sage spricht von ungeheuren Strömen, die den See in seiner Tiefe kreuzen. Tatsache ist, daß der Fluß, über den wir neulich geritten sind, keine Mündung besitzt, sondern nahe der Stadt in einem Loch verschwindet. Und ebenso ist es Tatsache, daß der See nichts wiedergibt, was er einmal gepackt hat. Ich selbst habe auf diese Weise vor noch gar nicht langer Zeit einen meiner schönsten Hunde verloren, der ein ausgezeichneter Schwimmer war und kühn wie der Morgen. Ich saß im Boote, und er sprang mir nach, verfehlte das Boot, schwamm und ging unter. Es war ein eigentümlicher Anblick; ich möchte ihn nicht noch einmal erleben.«
»Hm«, machte Michael Fürbringer.
Sie erreichten das Ufer und stiegen an Land.
»Erschrecken Sie nicht«, sagte der Radscha, »Sie werden einen kleinen Elefantenritt über sich ergehen lassen müssen. Mohammed ben Hassan ist ein Aristokrat und hält auf gute Formen. Er

würde es mir nie verzeihen, wenn ich als Fürst dieses Landes anders vor ihm erschiene als auf dem Rücken eines Elefanten. Da er mich seinen Unmut durch einen Aufschlag von dreihundert Prozent fühlen lassen würde, bequeme ich mich dazu, seinem Sinn für die Feierlichkeit eines fürstlichen Besuches ein Opfer zu bringen, und rate Ihnen dringend, das gleiche zu tun. In Anbetracht der Kürze des Weges, den wir zu überwinden haben, hoffe ich zuversichtlich, daß Sie der Seekrankheit entgehen werden, die sonst jeden Europäer überfällt, der zum ersten Male auf so einem schwankenden Koloß sitzt.«

»Ich hoffe, ich werde Ihnen keine Schande machen«, entgegnete Fürbringer.

Unter dem ohrenbetäubenden Geschrei eines Gefolges, das von Schritt zu Schritt anwuchs und den Ritt durch die Straßen zu einem Naturereignis machte, setzten sich die Elefanten in Bewegung und stapften, die Rüssel schwingend und die Ohren auf- und niederklappend, durch den Staub.

Es war das erstemal, daß Fürbringer von der Nackenhöhe eines so ungeheuerlichen Tierleibes auf die Menschen niederblickte, und während er es tat und die Bewegung des tragenden Riesen wie träge Wellen einer gefangenen Brandung unter sich spürte, begriff er plötzlich übergangslos die fürchterliche Gleichgültigkeit, mit der die Herrscher der Vergangenheit Menschenkörper von den Füßen ihrer Elefanten zu Brei treten ließen. Es gab keine Verbindung zwischen den Geschöpfen im Staub der Gassen und den auf dem Nacken königlicher Riesen Thronenden. Blind stampfend wie das Schicksal, wurden die gehorsamen Tiere der Gebieter den Niederen zum Verhängnis, und das Verhängnis trat sie tot und ließ die Hände der Reiter unbefleckt.

Die Anführer des Zuges schrien wie wütende Eber, um anzudeuten, daß man am Ziele sei. Die Elefanten knieten nieder, und Fürbringer rettete sich durch einen Sprung, der mehr Gewandtheit als Würde verriet, vor der Gefahr, seinem Elefanten zwischen den Ohren hindurch über die Stirn zu rutschen.

Das verärgerte Trompeten der Tiere mischte sich unter die gellen-

den Menschenstimmen, die für einen Augenblick von einem Taumel des Getöses erfaßt zu sein schienen.
Ein Diener des Fürsten sprang nach der Tür eines Hauses, das in der Reinheit seiner maurischen Formen, fensterlos, dem Pöbel der Gasse gleichsam den Rücken kehrte. Er donnerte mit beiden Fäusten gegen das Tor; die Augen traten ihm aus den Höhlen in der Verzückung seines Diensteifers. Er schrie etwas, das Fürbringer nicht verstand, aber es klang wie eine Teufelsbeschwörung.
»Wir müssen Geduld haben«, sagte der Fürst, sich zu Fürbringer wendend. »Mohammed ben Hassan würde es für einen Mangel an Selbstachtung halten, wenn er uns sofort öffnen ließe, obgleich ich fest davon überzeugt bin, daß der ehrwürdige Halunke bereits seit einer Stunde auf unser Kommen vorbereitet ist. Wie er es möglich macht, ist sein Geheimnis; wahrscheinlich bezahlt er seine Geheimagenten hervorragend gut, denn es gehört zu den Unmöglichkeiten des Lebens, Mohammed ben Hassan zu überraschen.«
Er hatte das letzte Wort noch im Munde, als sich die Tür, vor der sie wartend standen, auftat, bedeutungsvoll, als sei sie die Pforte des neunten Himmels, der den Auserwählten des Propheten vorbehalten ist, und ein junger Bursche auf der Schwelle erschien, von Fackelträgern begleitet.
Er warf sich vor dem Fürsten zu Boden und murmelte einen Gruß, der eine Gottheit zu beschwören schien, gegen den erlauchten Gebieter von Eschnapur besonders liebenswürdig zu sein.
Der Fürst wandte den Kopf mit einem kurzen Ruck. »Ramigani!« rief er.
Ramigani glitt aus der Menge heraus und hob vor seinem Herrn die Hände zur Stirn. Er hatte anscheinend die Fähigkeit, sich selbst herbeizuzaubern, wenn nach ihm gerufen wurde, und im übrigen nichts als ein Schatten im Wind zu sein.
»Ramigani, du wirst unserm Gast als Dolmetscher dienen«, sagte der Fürst.
»Danke, Hoheit«, entgegnete Fürbringer.
Ramigani trat schweigend an seine Seite. Er waltete des Amtes, das ihm übertragen worden war, mit der Unfehlbarkeit einer tadel-

losen Maschine; seine Züge erloschen dabei so vollkommen, während ihm der Schweiß auf die Stirne trat, daß er beinah geisteskrank aussah. Er starrte mit unbewegten Augen ins Leere vor sich hin und regte die Lippen, als spräche ein fremder Geist aus seinem Munde, als sei er besessen und quäle sich an seiner eigenen Entfremdung.

»Steh auf, du junger Schakal«, sagte der Fürst zu dem am Boden Liegenden. »Ist dein Herr zu Hause?«

»Geruhe die Schwelle deines letzten Knechts zu überschreiten, o mein Fürst!« sagte der junge Bursche, dem die Verschmitztheit aus den Augenwinkeln grinste. »Die Gnade deines Kommens erquickt das Herz meines Herrn und verdoppelt seine Tage.«

»Dann werden seine Erben mich verwünschen«, meinte der Fürst, grundlos verächtlich. »Geh voraus, Bursche! Wir wollen die Geduld deines Herrn nicht ermüden, denn wir würden es an unserem Geldbeutel zu büßen haben. Vorwärts!«

Der Bursche gehorchte, und die Fackelträger tauchten unter im Dunkel eines Ganges, der nicht zu wissen schien, was Tageslicht bedeutet.

Der Fürst wandte sich nach Fürbringer um und hielt sich an seiner Seite. »Jetzt geben Sie acht!« sagte er mit seinem hübschen Lächeln und warf die Zigarette fort. »Jetzt verlassen wir Indien und kommen in ein fremdes Land, das ich liebe, und das auch Sie lieben werden, denn es ist schön, schwermütig und – bis auf die anerkannte Gaunerhaftigkeit seines Besitzers – ein Land der Märchen ohne Bitterkeit. Das Haus, vor dem wir abgestiegen sind, gilt als die Wohnung Mohammed ben Hassans. Aber es ist so wenig seine Wohnung, wie ein Tempel der Himmel ist. Wenn Sie den Alten sehen, werden Sie sagen: Es ist Abram aus dem Haine Mamre, da er aufstand, seine göttlichen Gäste zu bewirten. Er ist ein Gelehrter und streitet mit dem Koran. Er hat das Wasser des heiligen Brunnens in Mekka getrunken und hat das arabische Blut so unverfälscht in den Adern wie sein Prophet, nach dem er heißt. Sein Stolz ist maßlos wie seine Ritterlichkeit. Mitten in Indien, der Stadt und seinem Hause ist er noch immer der Mann der Wüste,

der in einem Zelt wohnt, und dem unter seinem Zelte der Todfeind zum Gastfreunde wird. Es ist mir ein Genuß, mit ihm in Streit zu geraten, obgleich ich mich bei solchen Gelegenheiten von vornherein des Sieges begebe – weil er seine ekstatischen Beschwörungs- und Verwünschungsformeln aus der Zeit Harun al Raschids und der großen Verschwenderin Zobeide heraufholt. Es ist schade, daß Sie nicht selber mit ihm unterhandeln können. Aber Sie haben einen ausgezeichneten Dolmetscher neben sich ... Hörst du, Ramigani? Ich wünsche heute abend Grund zu haben, mit dir zufrieden zu sein!«
»Du hast befohlen, Herr!« murmelte der Diener.
»Nehmen Sie sich in acht – unterirdische Gänge pflegen ihre Launen zu haben«, fuhr der Radscha fort. »Mohammed ben Hassan hat Stilgefühl und ist außerdem viel zu schlau, als daß er den Zugang zu seinem Allerheiligsten elektrischem Licht preisgeben würde. Diese beiden Fackeln sind sehr stimmungsvoll und außerordentlich irreführend; ich möchte darauf schwören, schon zweimal an dieser selben Stelle vorübergekommen zu sein. Übrigens muß man dem Alten Gerechtigkeit widerfahren lassen! Wer so viel Schätze in den Gewölben seines Kellers aufbewahrt, daß er sämtliche Gottheiten dieses Landes mit Juwelen neu ausstatten könnte – was nicht wenig heißen will –, der hat ein Recht darauf, aus seinem Hause einen Irrgarten zu machen.«
»Es ist merkwürdig feucht hier«, bemerkte Fürbringer, mit der Hand die Mauer streifend.
Der Radscha zuckte die Achseln.
»Wer weiß – vielleicht hat der Alte Vorbereitungen getroffen, bei Gefahr eines Überfalls die Gänge unter Wasser zu setzen. Die Großzügigkeit seiner Rasse würde sich auch darin nicht verleugnen.«
Der Bursche, der vor ihnen hergeschritten war, blieb mitten vor einer Wand stehen, winkte die Fackelträger heran und klopfte gegen den Stein.
»Jetzt kommt Ali Baba und die vierzig Räuber«, meinte der Fürst halblaut. »Lassen Sie sich nicht verblüffen, Herr Fürbringer. Zu

einem guten Stück gehört eine sinngemäße Ausstattung. Wir haben schon einmal das Stilgefühl Mohammed ben Hassans lobend anerkannt.«

Die Mauer hatte sich aufgetan, ohne daß es Fürbringer geglückt wäre, zu bemerken, auf welche Weise. Wo Stein gewesen war, klaffte eine Öffnung. Dahinter brannte Licht. Eine Messingampel aus Damaskus hing von der Decke herab; das glühende Öl verbreitete einen fremden, einschläfernden Geruch. Mitten unter der Ampel lag ein Teppich, ein Gebetsteppich aus einem Jahrhundert, das für sich selber viel Zeit übrig hatte. Seine Farben waren fast erloschen.

Auf dem Teppich unter der Ampel stand ein Mann. Sein Burnus war weiß; er trug den grünen Turban derer, die sich zu den Nachkommen des Propheten zählen.

»Du sollst mir willkommen sein, o Fürst!« grüßte der Alte, die Hände feierlich erhebend.

Ramigani begann sein Amt. Und während Fürbringer auf sein rasches, angestrengtes und sehr scharfes Flüstern horchte und zugleich auf die fremden Laute, die Mohammed ben Hassan mit seinem fürstlichen Gaste tauschte, während er den Duft des Öles atmete und in dem zersplitterten Licht der Ampel die beiden Männer beobachtete, denen Gruß und Gegengruß eine Handlung, dem Gottesdienst nicht fern, zu bedeuten schien, sah er sich selbst am Ufer eines Flusses stehen, der breit hinströmend ihn von der Welt der anderen schied, daß er, was sie sagten und taten, wie durch das Rauschen dieses Stromes hindurch empfand.

»Ich danke dir, o mein Freund Mohammed ben Hassan«, begann der Fürst, seiner immer ein wenig spöttischen Stimme einen neuen Schwung verleihend, »daß du mich gewürdigt hast, dein Haus zu betreten und die neuen Schätze, die deine Klugheit dir gewonnen hat, bewundern zu dürfen. Ich bin nicht gekommen, um zu kaufen, du Krone der Juwelenhändler, denn, wie du weißt, lagern in meinen Tempeln die Edelsteine, die ich dir verdanke, wie in anderen Tempeln der Kuhmist lagert. Ich bringe dir einen Freund, der die Erde umwandert hat von Sonnenuntergang nach

Sonnenaufgang und ihre Wunder kennt, daß er satt und müde geworden ist. Aber ich sprach zu ihm, daß er ein Wunder noch nicht erschaut habe: deine Schatzkammern, o Mohammed ben Hassan! Und ich bitte dich, daß du sie ihm zeigen mögest, damit sein Herz an ihrem Anblick sich berausche und Gott lobpreise, der den Menschen zum Herrn der Herrlichkeiten gemacht hat.«
Mohammed ben Hassan wiegte seinen alten Kopf, seine flinken, schlauen Augen spähten über die Schulter des Fürsten.
»Segen über dich, o mein Sohn!« sagte er zwischen Würde und Vergnügen, »die Stunde deines Kommens möge mit goldenen Buchstaben im Buche des Gedächtnisses aufgeschrieben sein.«
Fürbringer verbeugte sich stumm; er gewann dabei die Überzeugung, daß die Verbeugungen des Morgen- und Abendlandes zwei Dinge sind, zwischen denen keine Verwandtschaft besteht. Er fühlte, daß er errötete, und biß sich auf die Lippen. Auf einen Wink Mohammed ben Hassans brachten die Diener die gestopften Pfeifen herbei, ein kupfernes Becken, in dem die Holzkohlen glühten, und ein rundes Messingbrett, auf dem etwa zwanzig winzige Tassen mit schwarzem Kaffee standen.
»Setzt euch!« forderte Mohammed ben Hassan seine Gäste auf. Die Diener schleppten die niedrigen Polster von den Wänden heran; die drei Männer ließen sich nieder. Während des Rauchens herrschte die vollkommene Stille der Ernsthaftigkeit.
Nachdem jeder fünf oder sechs der Fingerhuttassen ausgetrunken und sich die Pfeife dreimal hatte stopfen lassen, klatschte Mohammed ben Hassan in die Hände und stand auf.
»Wenn es deiner Hoheit gefällt, o mein Fürst, dann will ich deinem Freunde, den Gott segnen möge, die armen Schätze meines Hauses zeigen; doch bitte ich dich, da er meine Sprache nicht spricht noch ich die seine, daß du ihm sagen möchtest, ich täte dies nur, um deinem Willen gehorsam zu sein, und nicht weil ich glaubte, was ich besitze, sei des Anschauens wert.«
»Deine Bescheidenheit drückt das Siegel der Vollkommenheit auf deine Tugenden, o Mohammed ben Hassan«, antwortete der Fürst. »Du wirst uns gestatten, über den Wert deiner Schätze an-

derer Meinung zu sein. Habe die Güte, uns selbst in die Kammern der strahlenden Herrlichkeiten zu führen, und erlaube, daß Ramigani uns begleitet! Er ist das Ohr und der Mund meines Freundes, der fremd in diesem Lande ist.«

»Fern sei es von mir, einem deiner Wünsche nicht gehorsam zu sein, o mein Fürst«, sagte der Alte, die Hände erhebend. »Aber schweigt dein Diener?«

»Er schweigt«, antwortete der Fürst kurz.

Ramigani übersetzte Frage und Antwort, als kennte er den Menschen nicht, von dem die Rede war. Seine Stirn war mit Schweiß bedeckt.

Der Moslem verneigte sich; sein Gesicht zeigte einen so vollbefriedigten Ausdruck, als hätten die Worte des Fürsten einen Schwur enthalten.

Sie verließen das Zimmer und betraten den Gang, der durch Fackeln und Öllampen erleuchtet war; sie schritten ihn entlang, ohne einem Menschen zu begegnen. Sooft sie an eine Biegung kamen oder eine Tür durchschritten, ertönte, wie durch den Tritt ihrer Füße hervorgerufen, der metallische Klang eines Gongs, der irgendwo im tiefsten Innern der Gemächer zu hängen schien und stark und dunkel war wie eine buddhistische Tempelglocke. Zuletzt folgten sich die Krümmungen des Weges so rasch, daß die Schläge des Gongs zum Geläut anwuchsen, dessen Kraft die Steine der Mauern zu zerbröckeln drohte.

Nach einer Wanderung, deren Dauer Fürbringer nicht zu schätzen vermochte, ging es in die Tiefe hinab, bei jedem Schritt umbebt von dem bronzenen Getön, daß es zuletzt erschien, als tauchten sie unter in einen See von Klangwellen.

Fürbringer hörte hinter sich den Atem Ramiganis immer hastiger werden, er wandte sich um. Die Augen des Inders flackerten vor Furcht.

»Was hast du?« fragte er ihn halblaut.

Der Inder hob den Kopf. Das Licht einer Fackel fiel auf seine Züge. Sie waren gänzlich leer. Er sah den Fragenden verständnislos an.

»Sahib?«
Fürbringer schüttelte den Kopf.
»Nichts«, sagte er.
Sie hatten das Ende der Treppe erreicht und standen in einem Gewölbe, dessen Höhe sich in Dunkelheit verlor. Es war so groß, daß ein nicht kleiner Tempel darin Raum gefunden hätte. Die Fackeln an den Wänden rundum gaben ihm weit weniger Licht, als er verlangte. Unweit der Treppe, in doppelter Manneshöhe, hing der Gong, dessen riesenhafte Bronzescheibe ausklingend noch immer summte und zitterte.
Ramigani betrachtete sie mit dem Haß des Aberglaubens. Seine farblosen Lippen murmelten unablässig Gebete.
»Hier sind wir im Vorhof des Allerheiligsten«, bemerkte der Fürst, sich an Fürbringer wendend. »Halten Sie Ihre Augen fest – Sie werden sie nötig haben.«
Mohammed ben Hassan stieß einen Ruf aus und erhob die Arme.
»Ich bekenne: Es gibt keinen Gott außer Gott, und Mohammed ist sein Verkünder!«
Der Ruf seiner Stimme erhob sich zu einem Rauschen in der Höhe. Es war, als sprächen die Schatten der Gewölbe das Bekenntnis nach.
Der Alte öffnete eine Tür, die schmal und niedrig sich in das Gestein der Mauer einschnitt. Niemand hätte sie finden können, der sie nicht kannte.
»Tretet ein, meine Freunde«, sagte er sanftmütig.
Fürbringer folgte dem Fürsten. Er blieb hart an der Schwelle stehen, sah sich um und schloß die Augen. Er öffnete sie wieder und hob die Hände, um sie zu schützen.
»Sagte ich Ihnen nicht, Sie sollten Ihre Augen festhalten?« fragte der Fürst dicht neben ihm.
Fürbringer erwiderte nichts. Er sah undeutlich die Gestalt des Moslem, der sich von ihm entfernte und in einem feierlichen Schreiten die Mitte des niedrigen Raumes suchte, wo er sich niederließ, die Beine kreuzend, und regungslos sitzen blieb. Er sah in

einem Nebel das Gesicht des Fürsten, das sich zu einem merkwürdig harten und wilden Lächeln verzog, während es ihn betrachtete; und er sah Ramigani, der an seiner linken Seite stand und mit offenem Munde, den die Gier verzerrte, um sich stierte.

An dieser stumm schreienden Gier wurde Fürbringer nüchtern. Der Asiate rief den Europäer wach. Er sah die Dinge, die sich ihm ganz enthüllt, ganz hingeschüttet boten, als hätte er sie von sich weggeschoben, um sie klarer betrachten zu können.

Das Gemach, in das er eingetreten war, übertraf an Größe noch das eben verlassene, doch war es dafür kaum halb so hoch. Es brannten so viele Lampen in ihm, daß es keine Schatten hatte und seine Helligkeit mit dem Morgen der ersten Frühe wetteiferte. Seine Wände waren kahl, ungeglätteter Marmor, schwarzgekörnt. Viele Teppiche bedeckten den Boden.

Aber die Teppiche verschwanden fast unter der Fülle breiter Schüsseln, die, sich an den Rändern berührend, auf ihnen standen; und sie alle waren aus edelstem Metall getrieben, daß weißes Silber neben grauem prunkte, rotes Gold neben krankhaft bleichem, düstergrüne Bronze neben schamlos feuriger.

Jede der Schüsseln, die ein Weib nicht zu heben vermocht hätte, war gefüllt mit Edelsteinen und Halbedelsteinen erlesenster Art, gefaßten und ungefaßten, von der Größe eines Hirsekorns bis zu der des Maises, und von den Goldtopasen gab es viele, die das braune Auge einer Antilope an Größe beschämten.

»Glauben Sie«, sagte der Fürst zu Fürbringer so laut, als wollte er ihn rufen, »daß diese Steine schön genug sind, den Namen einer Fürstin in Marmor zu schreiben?«

»Sie wären schön genug, der Lebenden als Schmuck zu dienen«, antwortete Fürbringer ernst.

»Ja. Der Alte hat die glänzendsten Verbindungen mit allen Steinhändlern beider Indien ... Aber zeigen wir ihm unser Wohlgefallen nicht allzu deutlich! Jedes Wort des Entzückens kostet mich tausend Rupien mehr, und er ist ohnehin nicht billig ...!« Er schritt auf den Alten zu.

Mohammed ben Hassan blickte ihm aufmerksam entgegen.

»Bitte deinen Freund, daß auch er sich zu mir setze, o mein Freund!« sagte er mild.
»Mein Freund wird sich nicht zu dir setzen, Krone der Juwelenhändler«, antwortete der Radscha, »denn er weiß, daß du ihm noch lange nicht dein Schönstes gezeigt hast. Sei nicht geizig mit dem Anblick deiner Herrlichkeiten, o du auserwählter Liebling Gottes, und beschäme mich nicht, der ich meinem Freund versprach, ihm Niegeschautes vor Augen zu führen! Was in deinen goldenen Schüsseln liegt, ist nicht mehr wert, als was meine fünfhundert Pferde in ihren Augenhöhlen tragen. In den Nasenflügeln meiner Tänzerinnen prahlen größere Smaragde, als ich hier erblicke, und die Spangen ihrer Arme sind schwer von Sternsaphiren, die ihresgleichen nicht haben unter allen, die ich hier erblicke. Ich würde mich schämen, meinen Frauen anzubieten, was du vor uns hinbreitest, als sei es sehr schön; denn die letzte unter ihnen würde sagen: ›Pfui über den, der geizig geworden ist!‹«
»Dein Freund denkt anders, o Fürst!« sagte der Juwelenhändler mit einem schlauen Lächeln. »Seine Augen freuen sich dessen, was sie sehen.«
»Mein Freund, o Mohammed ben Hassan, ist ein sehr höflicher Mann und würde dir seine Enttäuschung nicht zeigen, wenn sie auch größer wäre als mein Erstaunen über dich! Gestatte mir, dir beim Barte deines Propheten zu schwören, daß meine Geduld sehr bald erschöpft sein wird! Ich bin nicht hierhergekommen, auf meinem besten Elefanten reitend wie zu einem Feste, noch habe ich meinen Freund durch die Glut des heißesten Tages hergebracht und sein Hirn den Strahlen des Verderbens ausgesetzt, um an dir, o du ehrwürdigster aller Juwelenhändler, eine Enttäuschung zu erleben. Du hast mir einen Boten geschickt, der einen großen Mund besaß und ihn aufriß bis zu den Ohren, um mir zu sagen, daß es dir gelungen sei, einen Schatz an Edelsteinen zu erwerben, vor dessen Glanz die Sterne bleich würden vor Neid. Ich kam, weil ich deinem Wort vertraute und deinen Ruhm kundbar machen wollte durch die Zunge meines Freundes, und was finde

ich nun? Saad ibn Sajid, der Juwelenhändler, der an der Gopurah wohnt, hat schönere Steine in seinem kleinen Laden als du, o Mohammed ben Hassan, in diesem prahlerischen Gewölbe.«

»Allah behüte deine Augen, o Fürst!« rief Mohammed ben Hassan verärgert. »Saad ibn Sajid ist ein schmutziger junger Hund und ein Erzbetrüger, der um seiner Sünden willen von der Brücke des Todes niederstürzen wird in die Hölle, wo die Teufelsköpfe an Bäumen wachsen. Wenn du in seinem stinkenden Laden einen einzigen Stein findest gleich diesem hier, o du Gerechter unter den Fürsten – einen Rubin wie diesen, der gleich dem Herzen einer liebenden Taube ist, – einen Stein wie diesen Topas, der ein Klumpen braunen Feuers ward, als er zum Tageslicht gebracht wurde – einen Opal wie den, der meine Hand zur Schale der Vollkommenheit des Schönen macht ... eine Huri würde das Paradies verlassen und auf die Erde herabsteigen, ihn zu besitzen ... Wenn du ihn findest, der nicht neben dem geringsten meiner Steine zum elenden Kiesel wird, o mein Fürst, dann sollen meine Kinder und Enkel den Namen Mohammed ben Hassans ausspucken, und er soll das Gespött der alten Weiber werden.«

»Schwatze nicht, o mein Freund Mohammed, sondern mache dich auf und bringe mir, was mehr wert ist, als was ich sehe! Oder, bei meinem Haupte, ich kehre um und gehe zu Saad ibn Sajid und mache dich zum Gelächter in ganz Eschnapur!« sagte der Fürst.

Mohammed ben Hassan duckte seinen Kopf zwischen die Schultern und sah zu dem Fürsten auf, der vor ihm stehengeblieben war. Sein Gesicht zeigte keine Spur von Zorn oder Ärger; es war außerordentlich schlau und lächelte in den Augen – in den listigen Vogelaugen.

»Wirst du kaufen, was ich dir zeige, o Fürst?« fragte er zutraulich.

»Willst du mir Bedingungen stellen, Mohammed ben Hassan?«

»Ich zeige nur dem, der kauft, o du Sonne unter den Herrschenden!«

»Und ich kaufe nur, was ich gesehen habe, o du Kronjuwel unter den Handeltreibenden!«

Mohammed ben Hassan erhob sich mit einer gewissen Geschwindigkeit.

»Ich werde dir die Schätze bringen, an denen mein Herz hängt, o Fürst, daß ich mich nur unter Schmerzen von ihnen zu trennen vermöchte, und der Anblick ihrer göttlichen Vollkommenheit wird dich deines Verstandes berauben!«

»Hoffe das nicht, o mein Freund Mohammed ben Hassan!« rief der Fürst ihm nach, da der Alte eilig, nicht ohne Grimm, aus dem Gewölbe schritt und die Tür hinter sich offen ließ. »Ich werde mir immer Verstand genug bewahren, wachsam gegen dich zu sein, denn du liebst es, o du Vortrefflicher, den Propheten anzurufen, wenn du seinen Beistand zu einer kleinen Gaunerei nötig hast.«

Es war nicht zu verstehen, ob der Moslem eine Antwort gab, denn als er einige Schritte in das Nebengemach getan hatte, begann das Dröhnen des Gongs von neuem und verschluckte jeden anderen Laut.

»Eine neue Vorsichtsmaßregel des Alten«, meinte der Fürst dicht an Fürbringers Ohr. »Er ist in letzter Zeit außerordentlich mißtrauisch geworden ...«

Fürbringer sah den Fürsten an; er wollte etwas erwidern, tat es aber nicht. Er folgte dem Blick des Radscha mit seinen Augen.

Dieser Blick beobachtete Ramigani.

Der Inder stand an der Tür des Gewölbes mit hängenden Armen und klaffendem Munde. Seine weißen, wie geschliffenen Zähne fletschten das Tosen des Gongs in wütendem Hasse an. Seine Augen schienen mehr betäubt als geblendet zu sein vom Anblick der Edelsteine, deren Funkengarben aufzuckend gen Himmel brausten, wie Licht ohne Schatten sie traf. Es war, als berauschten sich die sprühenden Farben an ihrer eigenen Glut, bis sie tanzten. Dieser stumme und leidenschaftliche Tanz der Farben machte die Luft im Raum zu einem bunten Nebel, den man nicht atmen, den man nur trinken konnte.

»Wenn ich«, begann der Fürst halblaut – und das asiatische Lächeln bog ihm die Lippen hoch – »diesen Menschen einmal los sein wollte, dann brauchte ich nichts zu tun als ihm zu sagen: Nimm dir aus den Schatzkammern Mohammed ben Hassans, was dir gefällt ... Er würde nicht wiederkommen ...«

»Glauben Sie, daß Sie ihn eines Tages los sein möchten?« fragte Fürbringer.

Der Fürst zuckte die Achseln. »Was weiß das Heute vom Morgen?« meinte er gleichgültig.

Das Summen des Gongs verstummte; Mohammed ben Hassan kehrte zurück. Er trug einen kleinen Sack in der Hand wie einen Geldbeutel, schloß die Tür hinter sich und nahm wieder auf dem Teppich Platz. Seine Züge troffen von Feierlichkeit und Genugtuung.

Er legte den kleinen Sack vor sich auf den Teppich, hob die Hände und rief: »Ich bekenne: Es gibt keinen Gott außer Gott, und Mohammed ist sein Verkünder!«

»Da haben wir den Propheten«, meinte der Fürst.

»Geruhe, o mein Fürst, heranzutreten und erlaube mir, dir den Platz an meiner Seite anzubieten«, sagte der Händler; seine Hände zitterten, als sie die Schnüre des Säckels lösten.

»Kommen Sie!« sprach der Fürst, Fürbringer mit sich ziehend. »Jetzt nimmt der Kampf seinen Anfang!«

Sie setzten sich dem Moslem gegenüber. Ramigani blieb hinter Fürbringer stehen; der Deutsche fühlte den Atem des Inders über seinem Kopfe.

Mohammed ben Hassan schüttelte Stein um Stein aus dem Beutel in seine hohle Hand und legte sie, einen nach dem andern, auf einen hingebreiteten Zipfel seines weißen Gewandes. Und er sprach mit den Steinen und redete sich selbst in eine Verzückung hinein, daß ihm der Bart zitterte auf der Brust.

Er hatte ein Recht auf seine Verzückung. Als er den letzten seiner Schätze, einen Smaragden von der Größe einer Haselnuß, mit der Bewegung eines Taschenspielers zwischen Daumen und Zeigefinger in das Licht hob, daß für den Bruchteil einer Sekunde von der Gewalt des grünen Feuers eine Straße in der Luft zurückzubleiben schien, legte sich die Hand des Fürsten nachdrücklich auf Fürbrin-

gers Arm; und es war notwendig. Der Triumph Mohammed ben Hassans wäre sonst allzu vollkommen gewesen.
Neun Steine lagen auf dem hingebreiteten weißen Stoffzipfel. Zwei Rubine, Steingeschwister, von einem grausamen Rot gesättigt; zwei Saphire, feuerlos, aber königlich in ihrer Größe und frohlockend in der Schönheit ihrer Farbe; ein Amethyst mit einem schwarzen Schatten in seiner Tiefe; zwei Opale, Stücke des Himmels vor Sonnenaufgang, von roten und goldenen Funken durchsprüht; ein Sternsaphir und der Smaragd.
Mohammed ben Hassan zauberte eine große Hornbrille aus irgendeiner Falte seines Gewandes hervor, setzte sie auf die Nase und blickte über ihre Ränder hinweg seinen fürstlichen Gast außerordentlich schlau und ermunternd an.
»Ist das alles?« fragte der Radscha, im Tone des Gekränktseins.
Der Ehrgeiz trieb Mohammed ben Hassan in die Falle.
»Allah behüte deine Augen, o Fürst!« rief er, die Hände erhebend. »Siehst du nicht, daß jeder dieser Steine mehr wert ist als eine Stadt?«
»Meine Augen, o Mohammed ben Hassan, sind ausgezeichnet und zeigen mir, daß deine Steine alle zusammen keine Stadt wert sind – nicht einmal ein Haus noch das Tor eines Hauses. Brächte ein armer Freund sie mir als Geschenk, so würde ich sie annehmen, um sein Herz nicht zu kränken, da er Besseres mir nicht zu bieten hätte, und würde sie am nächsten Tage Ramigani schenken, meinem Diener, der hinter meinem Freunde steht ...«
»Es gibt keinen Gott außer Gott! ...« schrie Mohammed ben Hassan und rüttelte vor Grimm an seinem Turban.
»Ich weiß, ich weiß, o du strahlende Leuchte des Islam!« rief der Fürst dagegen. »Laß den Propheten in Frieden und schände seinen Namen nicht, den zu tragen du nicht verdienst, wenn du die Absicht hast, mich übers Ohr zu hauen! Rücke dir deine Brille zurecht, denn sie will dir von der Nase rutschen, und benutze sie, um diese Steine, die du mir anzupreisen wagst, etwas genauer zu betrachten! Was willst du, das ich glauben soll, o Mohammed ben Hassan; daß du alt und blödäugig geworden seiest und dich beim

Einkauf der Juwelen von einem, der deines weißen Bartes spottet, betrügen ließest, oder daß du selbst ein großer Gauner seiest, der mich für dumm genug hält, um von ihm betrogen zu werden?«
»Ich will, daß du glaubest, o Fürst«, schrie der Alte zornig, »daß die Juwelen, die ich hier in meinen Händen halte, die schönsten Steine sind, die meine Augen jemals erblickt haben, obwohl ich alt geworden bin und mehr Edelsteine eingehandelt habe, als durch die Finger irgendeines Mannes in Indien gegangen sind! Kein Fürst und kein Händler hat solche Steine in seinem Besitz – die Erde und das Wasser besitzen ihresgleichen nicht mehr! Wenn ich sie fortgebe, so gebe ich einen Teil meiner Seele fort und werde um sie klagen, als hätte ich neun Söhne verloren!«
»O du Ausbund aller neunundneunzig Laster!« rief der Fürst mit einer Bewegung, als schleudere er eine Mütze auf den Boden. »Habe ich nicht selbst in meinen Schatzkammern Steine, die das Prahlen dir im Halse ersticken müßten, wenn du sie mit diesen hier verglichest? Hat nicht Saad ibn Sajid solcher Steine genug in seinem Laden, um alle Fürsten der Erde damit reich zu machen? Ich werde zu ihm gehen, bevor der Morgen graut, und ihn beauftragen, mir zu bringen, was ich brauche, und ehe es abermals Abend wird, liegen die Steine auf meinem Tisch. Glaubst du, ich bedürfte deiner, o Mohammed ben Hassan?«
»Und wenn Saad ibn Sajid seinen ganzen Laden verkaufte und sein eigenes Fell dazu«, schrie der Händler, mit beiden Armen durch die Luft fuchtelnd, »so würde er noch nicht Geld genug gewinnen, einen einzigen Stein, wie diese neun sind, zu erhandeln!«
»Seine Freunde werden ihm borgen, o Mohammed ben Hassan, wenn sie hören, daß er in meinem Auftrag kauft!«
»Die Pest soll ihn fressen, den Schakal!« Mohammed ben Hassan heulte wie ein tanzender Derwisch in seinem Grimm. »Er hält es mit den Parsen, der unreine Köter, mit den Schändern Gottes, die sich im Bauch der Geier begraben lassen. Möchten sie ihm die Augen aushacken und ihren Kindern zu fressen geben!«
»Ereifere dich nicht, o Ehrwürdiger!« sagte der Fürst zufrieden. »Mein Herz ist dir geneigt, und es würde mich betrüben, wenn ich

die Ursache würde, daß die Leute auf der Straße hinter dir drein flüsterten: Mohammed ben Hassan ist arm geworden, denn der Fürst hat seine Steine verschmäht, weil sie nichts taugten! Das will ich nicht, denn ich achte dein Alter und deinen weißen Bart. Sage mir darum, o Mohammed ben Hassan, für welchen Preis verkaufst du diesen Rubin?«

»Herr, ich verkaufe ihn nicht«, entgegnete der Moslem in vollkommener Würde, »ich verschenke ihn an dich, weil dein Leben mir teuer ist, um zweitausend Rupien.«

Der Radscha brach in ein schallendes Gelächter aus.

»Bei den acht Armen der Durga!« rief er und klatschte in die Hände, »du bist wahnsinnig geworden, mein Freund Mohammed! Zweitausend Rupien! – Nicht zweihundert gebe ich dafür! Hundert Rupien – kein Stück mehr! Es ist zuviel für einen Stein gleich diesem!«

»O Mohammed, o ihr Kalifen!« schrie der Juwelenhändler, abermals in heftigsten Zorn geratend, »hat die Sonne dir den Verstand verwirrt, o Fürst? Bei dem vielgeschwänzten Teufel, der gesteinigt wurde und in die Hölle fuhr, siehst du nicht, daß ich erröte um deinetwillen? Schande über mich, wenn in allen Schüsseln, die du hier stehen siehst, ein einziger Stein liegt, der nicht das Dreifache dessen wert ist, was du mir für dieses Juwel bietest! Biete mehr, o Fürst!«

»Verlange weniger, o Mohammed ben Hassan!«

»Meine Kinder und Enkel werden meinen Namen verfluchen, weil ich ein Stück meines Herzens gleich einem Kiesel weggeworfen habe! Neunzehnhundert Rupien, o Fürst!«

»Viel – viel weniger, o Mohammed ben Hassan!«

Die Vogelaugen des Moslem drückten sich zusammen. »Wieviel würdest du zahlen, o Fürst?« fragte er vertraulich.

Der Fürst sah ihn an; er schob langsam den Unterkiefer vor. Auch seine Augen schlossen sich halb. Er lächelte.

»Ich will den Rubin nicht kaufen, du Liebling Gottes«, sagte er mit einem vorsichtigen Ton der Stimme, »noch irgendeinen deiner Steine sonst. Ich will überhaupt nichts von dir kaufen, nicht jetzt

noch später, o Mohammed ben Hassan – es sei denn, du gäbest mir alles, was dieses Gemach an Juwelen enthält, für die runde Summe von einer Million Rupien ...«
Michael Fürbringer hatte das Gefühl, als finge die Luft um ihn her zu flimmern an. Er hielt den Atem in der Brust zurück und blickte mit einem sinnlosen, rasenden Herzklopfen auf die beiden Männer, die einander gegenübersaßen und sich ihre Verwünschungen, Beschwörungen und Eidformeln raketenartig an die Köpfe schleuderten. Er verstand das nahezu tobsüchtige Flüstern Ramiganis nicht mehr, das über seinen Haaren zischte, er schüttelte den Kopf dagegen, als wollte er Stechmücken verscheuchen. Die sich überbietenden und unterbietenden Zahlen prasselten auf sein Schädeldach wie schwere Hagelkörner.
Mohammed ben Hassan bekam einen Tobsuchtsanfall. Er schmetterte seine Brille auf den Boden und zertrat sie unter seinem Fuß. Zwischen Lächeln und Lachen jagte der Radscha seinen weißbärtigen Gegner von der Höhe aberwitziger Zahlen hinunter auf das noch immer Himmelhohe. Sie schrien beide und glühten sich an. Die dürren alten Hände Mohammed ben Hassans krümmten sich zu Vogelklauen. Sein tausendmal wiederholtes »Nein!« wurde zum Geheul der wütendsten Verzweiflung. Er wand und wiegte sich auf seinem Platz wie eine tanzende Kobra.
Auf einmal war er still. Er schien aus einem Krampf zu erwachen, lächelte und wischte sich mit dem Ärmel das triefende Gesicht.
»Sei es, wie du es sagtest, o du Gesegneter unter den Fürsten!« sprach er fast liebevoll.
Der Fürst erhob sich, reckte die Schultern und sah Fürbringer, der ebenfalls aufstand, eigentümlich lächelnd an.
»Nun?« fragte der Deutsche. »Einig geworden?«
»Ja. Für zwei und eine halbe Million ... Ein Spottpreis ... Aber eine Nuß aus Granit zerbeißt man leichter als die Hartnäckigkeit dieses Abkömmlings des Propheten. Ich bin wie gerädert und gepfählt. Mein Schlaf in dieser Nacht wird dem Schlaf des Todes gleichen ... Kommen Sie! Ich glaube, es fehlt nicht mehr viel an Mitternacht.«

Von Mohammed ben Hassan geführt, verließen sie das Gemach und traten den Rückweg an, begleitet und gleichsam getragen von den bronzenen Wogen des schwingenden Gongs, der hinter ihnen allmählich verstummte.

Ehe sie das Haus des Moslem verließen, trat Mohammed ben Hassan auf Fürbringer zu, sah sich nach Ramigani um und sagte, dem Deutschen eine kleine, häßliche Schale aus Perlmutter in die Hand drückend: »Nimm dies, o Freund meines Freundes, als ein unwürdiges Andenken an deinen Knecht Mohammed ben Hassan ... Deine Nacht sei gesegnet! Gott singe dich ein!«

»Die Zunge meines Freundes ist stumm, aber sein Herz dankt dir, o Mohammed ben Hassan, mit der Beredsamkeit der Liebe!« sagte der Fürst, während er den Elefanten bestieg. Fürbringer folgte ihm etwas verwirrt und unruhig. Er steckte die Schale in die Tasche und sah sich nach seinem Reittier um. Mohammed ben Hassan blieb an der Schwelle seines Hauses stehen und blickte ihnen nach ...

Als sie im Boote saßen und über den nachtschwarzen See ruderten, den das Licht der breitlohenden Fackeln nicht erhellte, wandte sich der Fürst plötzlich, nach einem langen Schweigen, an Ramigani, der hinter ihm saß, und sagte: »Höre, du Säule meines Hauses – gib die Steine heraus, die du dem Moslem gestohlen hast. Sie sind mein ...«

Das Messinggesicht des Dieners wurde zu Kupfer.

»Ich habe ihm nichts gestohlen, o Herr«, sagte er atemlos.

»Nein?« Der Fürst lächelte. »Dann warst du herzlich töricht, Ramigani ...«

Der Diener sah ihn gequält an. Er schwieg. Der Radscha wandte sich ab.

»Haben Sie schon nachgesehen, was Ihnen der Alte zugesteckt hat?« fragte er Fürbringer.

»Eine Perlmutterschale«, antwortete der Deutsche gleichgültig.

»Und ihr Inhalt?«

»Ihr Inhalt ...?«

»Glauben Sie, daß Mohammed ben Hassan der Mann ist, Perlmutterschalen als Gastgeschenk zu geben?«
Fürbringer nahm das kleine Gefäß aus der Tasche. Es öffnete sich wie eine Muschel und stammte wahrscheinlich aus Europa.
In seiner Mitte lag ein Stein von der Größe einer Mandel.
Der Fürst beugte sich vor.
»Erlauben Sie? ...«
»Bitte, Hoheit ...«
Der Fürst nahm den Stein vorsichtig heraus und legte ihn auf die flache Linke.
»Sie sind im Besitz einer Taschenlampe?« sagte er aufblickend, in halber Frage.
»Ja«, antwortete Fürbringer. Der Atem stockte ihm bei der einen Silbe.
»Bitte, leihen Sie sie mir für einen Augenblick ...«
Fürbringer nahm sie aus der Tasche und schaltete sie ein.
Der Fürst betrachtete den Stein sehr aufmerksam, ließ das Licht auf ihm spielen und reichte ihn zuletzt an Fürbringer.
»Ein Sternsaphir«, meinte er. »Ein ungewöhnlich schönes Stück ... Ich wünsche Ihnen Glück, Herr Fürbringer ...«
»Was soll das bedeuten?« fragte Fürbringer, von dem Stein in seiner Hand auf den Fürsten blickend.
Der Radscha zuckte die Achseln.
»Ich muß gestehen«, sagte er, »daß mich dieser Sternsaphir sehr nachdenklich stimmt. Er ist ein untrügliches Zeichen dafür, daß Mohammed ben Hassan Sieger geblieben ist und mich mit Nachdruck hineingelegt hat ... Ich hätte es wissen müssen ... Die Willenskraft der Welt würde an seiner Schlauheit Schiffbruch leiden. Heben Sie den Stein gut auf, Herr Fürbringer. Er hat in Wahrheit schwerlich seinesgleichen ...«
Fürbringer antwortete nicht. Er dachte an seine Frau. Er liebte den Stein, weil sie ihn tragen würde. Er steckte ihn in die innere Tasche seines Rockes und berührte seine Hülle zuweilen mit der Hand, als sei der Stein bereits ein Stück von ihr.
Er trennte sich von dem Fürsten mit einem Händedruck, der um

einen Grad zu herzlich war, um herzlich zu sein, und ließ sich von Ramigani nach seinem Zimmer bringen, wo er ihn entließ.

Er sah Miriam in einer Ecke kauern; ihre Augen blickten ihm entgegen.

Fürbringer schickte den Diener fort.

Er trat auf das Mädchen zu, das sich erhob und ihn grüßte. Ihr Gruß wie ihr Lächeln war schwer von Hingebung.

»Kind«, sagte Michael Fürbringer kaum hörbar, »meine kleine Schwester – was bringst du mir?«

Sie horchte, die Stirn senkend, auf seine Worte, begriff sie und sah ihn an.

»Dies«, sagte sie, die Hände öffnend und zu ihm hebend. In ihren schmalen braunen Händen lag ein kleines weißes Tuch.

Fürbringer griff danach.

Es war ein Taschentuch seiner Frau.

VIII

Fürbringer hielt das kleine Tuch in seiner Hand, als wäre es ein junger, weißer Vogel, der zu ihm gekommen war und ihn erschütterte mit der blinden Bedingungslosigkeit seines Zutrauens. Er setzte sich in den nächsten Stuhl, drückte das Gesicht in das zarte Tuch und holte tief trinkend Atem.
Er atmete mit dem Duft des Stoffes den Duft, der um die Frau her war, die er liebte – diesen frischen, süßen und heiteren Geruch Kölnischen Wassers, in dem sie eine Verschwenderin war. Er preßte seine Lippen in diese kühle Süßigkeit und spürte das Brennen seiner Lider. Er sehnte sich danach, zwecklos umherzugehen und zu lachen. Und er saß still, die Ellbogen auf die Knie gestemmt, den Kopf in beiden Händen, und fesselte das Schluchzen, das ihn packte, mit den Zähnen.
Eine lange Zeit verging; und während der ganzen Zeit fühlte er, zuerst halb unbewußt, dann immer deutlicher, die Blicke Miriams wie zwei feine Flammen – Stichflammen auf sich gerichtet. Er riß sich hoch und ballte die Faust um das Tuch; er hob den Kopf und sah sich nach dem Kinde um.
Miriam kauerte, wenige Schritte von ihm entfernt, am Boden und sah ihn an. Ihr Gesicht, auf dem das Licht der Lampen weich und gleichsam ausruhend lag, schien noch schmaler geworden zu sein und litt unter seinem eigenen, fast todessüchtigen Ernst.
»Komm zu mir, meine kleine Schwester«, sagte Michael Fürbringer, die Hand ausstreckend.
Sie kam sofort, mit dem Gehorsam der Willenlosen. Aber als sie vor ihm stillhielt und den Blick zu ihm erhob, war es, als käme über sie die Erlösung derer, die lange Zeit gewandert sind, ohne zu wissen, ob sie jemals ihr Ziel erreichen würden. Sie atmete sanft und tief, mit ein wenig offenen Lippen, zufrieden, ernst und ohne Wunsch.
Sie diente ...
»Sage mir, Kind« – Michael Fürbringer wußte nicht, wie hart sich

seine Finger um die Hand des Mädchens geschlossen – »wo ist sie?«
»Hier im Palaste, Sahib ... Über diesem Tore, das nach Westen liegt, wohnt sie und hat viele schöne Zimmer.«
»Hast du mit ihr gesprochen?«
»Ja, Sahib.«
»Hat sie selbst dir das Tuch gegeben?«
»Ja. Für dich.«
»Warum hat sie mir kein Wort dazu geschrieben?« rief der Mann.
Das Mädchen zögerte mit der Antwort.
»Sahib, mein Ohr und mein Mund sind sicherer als ein Blatt Papier. Wenn ich starb auf dem Wege zu dir – und wenn ich nicht wiederkam, so war ich tot – dann starben auch die Worte, die sie sprach. Aber ein Blatt beschriebenes Papier, das redet, auch wenn der Bote starb ...«
»War dir der Tod so nahe auf deinem Wege?« fragte Fürbringer, fast wider seinen Willen innehaltend im Drang seiner eigenen Wünsche, um bei dem Kinde zu verweilen.
»Er ist es immer«, antwortete Miriam gelassen.
Fürbringer lächelte.
»Jedem Menschen, kleine Miriam«, sagte er gütig. »Aber du bist noch ein Kind und solltest ihn nicht fürchten.«
»Ich fürchte ihn nicht, Herr«, entgegnete das Mädchen. In ihren sehr weit geöffneten Augen, die sich dem Manne wie Tore auftaten, lag ein Ausdruck fast der Strenge.
»Ich weiß es«, sagte er ernst. »Du hast es bewiesen. Du fürchtest das Leben mehr ... Kleine Schwester, wenn ich und die Frau, um derentwillen ich einzig und allein noch hier bin, dieses spukhafte Land verlassen, dann werden wir dich bitten, mit uns zu gehen, und dann wirst du es lernen, das Leben zu lieben, kleine Miriam ...«
»Ja, Sahib«, antwortete sie, wunderlich geduldig. Ihr Blick wie ihre Stimme waren ganz ohne Glauben.
»Willst du mir nun sagen, meine kleine Schwester, was die Frau, bei der du warst, dir für mich aufgetragen hat?«
»O Sahib«, rief Miriam, in ein plötzliches Schluchzen ausbrechend,

»sie liebt dich, und das soll ich dir sagen: Es gibt kein Wort, das heilig genug wäre, um dir zu schildern, wie groß ihre Liebe zu dir ist. Als ich zu ihr kam, da weinte sie; und sie lachte, als ich ging; denn sie wußte, daß ich zu dir gehen würde. Ich glaubte, sie liebte mich, weil deine Augen auf mir geruht haben. Oh, sie ist schön, die Frau, die du liebst! Sie ist schön, wenn sie lacht, und wenn sie weint. Sie ist am schönsten, wenn sie deinen Namen nennt; dann leuchtet ihre Seele!«

»Du wirst mich zu ihr führen, Miriam!« rief der Mann ausbrechend.

»Nein, Sahib – o nein! Niemand darf merken, daß ich eine Botschaft gebracht habe, die dich suchen läßt, was sie vor dir verbergen! Wenn sie es merkten, so würden sie mich von dir nehmen und einsperren, und ich würde mir den Kopf zerschlagen an der Tür und dir doch nicht helfen können. Du mußt Geduld haben, Sahib ...«

»Kleine Miriam, wenn dein Herz so voller Angst und Liebe wäre wie das meine – du würdest nicht sagen: hab' Geduld! Du würdest nicht mehr sprechen, sondern aufstehen und mich zu der Frau führen, die wartet, daß ich zu ihr komme. Ich will dich nicht in Gefahr bringen. Du sollst den Weg nicht zum zweiten Male gehen. Du sollst ihn mir nur beschreiben – und sei gewiß, ich werde ihn nicht verfehlen. Ich würde diesen Weg mit geschlossenen Augen gehen und ans Ziel kommen! Sage mir, kleine Schwester – wohin muß ich gehen?«

Miriam stand auf. Ihr schmales Gesicht, das schwer war von seinem strengen Ernst und ihrer Jugend spottete, schien plötzlich nichts als die Maske eines übermenschlichen Willens zu sein, der durch die Haut leuchtete wie ein Feuer.

»Geh nicht, Sahib!« sagte sie sanft und fest. »Ich werde sie zu dir bringen!«

»Ohne Gefahr für sie?« fragte der Mann.

»Ohne Gefahr für sie«, wiederholte Miriam lächelnd.

Fürbringer drückte sich die Fäuste vor die Stirn. Er starrte das Mädchen an.

»Spiele nicht mit mir, Miriam!« sagte er etwas verhalten. »Du mußt nicht versuchen, mich zu betrügen, indem du sagst, daß du sie holen willst – und es wäre nur ein Vorwand für dich, fortzugehen und nicht wiederzukommen, weil du fürchtest, ich würde mir den Weg erzwingen. Ich will warten, Miriam – sehr lange Zeit warten. Aber wenn du vor Morgengrauen nicht wiedergekommen wärst, dann würde ich gehen müssen und ans Ziel zu kommen suchen ohne dich. Ich bin schon einmal eine fürchterliche Nacht hindurch auf den Treppen, in den Gängen und Hallen dieses Palastes umhergeirrt, und du mußtest mir die Hände heilen, die ich mir wundgeschlagen hatte an einer ehernen Tür. Vergiß das nicht, Miriam, wenn du mir sagst, daß du gehen willst und sie zu mir bringen!«

»Ich werde sie dir bringen, Sahib«, entgegnete das Mädchen still.

Fürbringer atmete ein paarmal tief auf; er drückte die Zähne auf seine Lippen.

»Wie lange soll ich auf dich warten?« fragte er.

»Lange, Sahib!« antwortete ihm Miriam. »Der Weg ist weit und hat viele Wächter, du wirst nicht wollen, daß wir unvorsichtig sind.«

»Nein ...«

»Die Nacht wird nicht vorübergehen, ohne daß wir kamen«, sagte das Mädchen.

Fürbringer lächelte. Er beugte den Kopf in den Nacken.

»Dann geh, meine kleine Schwester!«

Miriam ging. Lautlos schloß sie die Tür hinter sich.

Fürbringer stand und blickte auf diese geschlossene Tür, bis ihm das Blut in den Augen flimmerte. Er wandte sich ab und fuhr sich über die Stirn. Er zog die Uhr aus der Tasche, sah auf das Zifferblatt und steckte sie wieder ein, ohne zu wissen, wie spät es war. Er begann im Zimmer hin und her zu gehen; schließlich, da der eine Raum ihm nicht genügte, stieß er die Türen der beiden anderen auf und wanderte vom Schlafzimmer zum Arbeitszimmer, blieb an den Fenstern, an den Tischen und Stühlen stehen, nahm hundert Dinge in die Hand, betrachtete sie und wußte nicht, was er sah. Zuweilen horchte er, den Atem anhaltend, glaubte Geräusche zu hören – hörte sie wirklich ...

Eine Tür fiel ins Schloß ... gleich darauf eine zweite, eine dritte ...

Jemand entfernte sich, als liefe er. Dann war es wieder still. Wasser tropfte ...

Dieses gleichmäßige, feine Wassertropfen wurde zu einer Melodie, die leise mit sich selbst schwatzte und durch die in sich abgeschlossene Gleichgültigkeit gegen alles andere zur Folter wurde.

Fürbringer fühlte, daß ihm der Schweiß an den Schläfen hing. Er fror, daß es ihn schüttelte, und sein Gaumen war trocken wie Staub.

Er dachte: Ich muß irgend etwas anfangen, um meine Gedanken zu bändigen. Er begann zu zählen; aber die Zahlen verwirrten sich in seinem Hirn.

Er ging in sein Arbeitszimmer und brannte alle Kerzen an; er entzündete das Räucherwerk in der Bronzeschale. Er sah die schwermütigen, bläulichen Wolken aufsteigen und atmete den Duft mit einer gewissen drängenden Inbrunst.

Die Kerzen brannten still und ernst empor, fast unbewegt mit ihren schönen Flammen. Eine knisterte, heller brennend, auf, und der sehr zarte Laut gewann in der großen Stille der Erwartung eine fast erschütternde Bedeutung.

Plötzlich, ganz übergangslos und mit einer stürzenden Kraft löste sich die Gespanntheit des Wartens in einen Glückstaumel auf, der sich danach sehnte, gellend zu schreien. Fürbringer drückte sich die Nägel ins Fleisch und schloß die Augen. Er hörte das heimliche, das ungebändigte Schreien seiner Seele, wie sein Blut brauste in seinen Ohren. Es war ein durchdringender, heller, hoher Laut, der kein Ende nahm.

Er löste in seinem Hirn sich jagende Bilder aus, die alle wie von ausgeschütteter, unsinnig verschwendeter Mittagssonne überflutet waren. Schwalben schwirrten mit flirrenden Sssswsss ...

ssswsss ... um einen Kirschbaum, der, über und über mit dem Schnee seiner Blüten bedeckt, auf einem kleinen Hügel unter flammendblauem Himmel stand ... Ein Gießbach stürzte sich kopfüber aus strahlender Höhe in eine Tiefe, die ihn klingend empfing, und spannte über dem Donner, Blitz und Regen seines Falles selbst den zitternden Regenbogen. Zwei schönmähnige Pferde, Füchse mit silbernen Schweifen, die im Winde flogen wie Fahnen, fegten über eine Wiese, daß die Erde dröhnte; Schaum hing in Flocken an ihrer Brust, aus der das stürmische Gewieher der Tierfreude gleich Posaunenstößen hervorbrach und frohlockte; denn sie brausten vor Kraft.

Der große Sturm der Freude war in der Welt und fing sich für die Dauer von Sekunden im Herzwinkel des Mannes, daß er den Anprall der überströmenden Fülle in körperlichem Schmerz empfand.

Er breitete die Arme aus, um den vom Sturm des Blutes beengten Lungen Raum zu schaffen.

Er sprach vor sich hin, zwischen aufeinandergepreßten Zähnen: »Komm ... komm ...!« Mit einem jähen Ruck zog er die Arme zurück und faßte mit den Händen ins Leere.

Und diese Leere kam ihm zum Bewußtsein.

Es war, als ob ihm dies Bewußtsein, als einem Menschen, der in freier Höhe stand, einen Stoß in den Rücken gäbe. Seine Seele, die noch eben den Sturm des Glücks in sich empfangen hatte, fiel in Leere und Dunkelheit.

Wie, wenn sie nun nicht kam – nicht kommen konnte?

Wie, wenn Miriam auf ihrem Wege entdeckt und angehalten worden war?

Wie, wenn Irene selbst auf ihrem Gang zu ihm ein Opfer von Ramiganis Wachsamkeit wurde?

Fürbringer stöhnte in sich hinein.

Narr, der er gewesen war, diese Möglichkeiten nicht zu bedenken! Vielleicht, wenn er sich mit Miriam besprochen hätte, wäre ihm auch ein Mittel eingefallen, ihnen zu begegnen ...

Miriams geheimnisvolle Reden fielen ihm ein, vom Tode, der dicht

neben ihr gewesen war. Er hatte nur halb darauf geachtet – seine Gedanken waren andere Wege gegangen.
Jetzt fielen ihre Worte ihm wieder ein. Die Flammen der Kerzen an den Wänden fingen an zu tanzen und bildeten Buchstaben von Miriams Worten. Die leise ziehenden Wolken des Weihrauchs formten sie über seinem Haupte und schleppten sie wie ein Gebet, das sich zwecklos weiß, aufwärts zur Höhe der Kuppel.
Mit derselben hemmungslosen Wucht, die in seiner Freude gewesen war, fiel jetzt die Angst über ihn her und wuchs mit dem Verrinnen jeder Minute mehr und mehr ins Unmeßbare.
Er hätte die Gefahr nicht zu nennen vermocht, von der er die Frau, die er liebte und die zu ihm kam, weil sie sein war, belauert glaubte. Aber das Namenlose schien seine Schrecken zu verdoppeln.
Er kehrte in sein Wohnzimmer zurück; er ertrug die feierliche Schweigsamkeit der Kerzen nicht mehr und litt unter dem inbrünstigen Duft des Weihrauchs.
Er starrte die Lampen an der Decke an, bis sie zu taumeln schienen, und fühlte die unterschiedlose Freundlichkeit ihres Leuchtens wie etwas Feindseliges.
Zehnmal in einer Minute horchte er auf, daß sich zuletzt die Kraft seines Gehörs zur Krankhaftigkeit steigerte und die Stille um ihn her zu klingen begann.
Er öffnete die Tür und spähte in die Finsternis der Gänge. Die Faust gegen den Mund gepreßt, um der Versuchung, laut nach Miriam zu rufen, nicht zu unterliegen, stand er und lauschte.
Er konnte die Zeit nicht schätzen, die mit seinem Warten verging. Aber er fühlte, daß keine Minute ihm einen Bruchteil ihrer Dauer schenkte. Wie ein vollgerüttelt Maß der Qualen boten sie sich ihm dar, und er leerte ihre Schale, weil er mußte.
Als er, der Kraft seines Widerstandes nicht mehr vertrauend, sich endlich niedersetzte und in einem Ausatmen, das fast ein Stöhnen war, den Kopf auf den Tisch legte, hörte er, wie sich die Tür auftat.
Er saß, ohne sich zu rühren, hielt die Augen geschlossen. Dem

Übermaß der Hoffnung dämmte sich die Feigheit vor Enttäuschung ringend entgegen.
Aber plötzlich riß er sich hoch, tat, noch immer mit geschlossenen Augen, aufs Geratewohl ein paar Schritte, streckte die Hände aus und fühlte sie erfaßt, und hielt die Frau, die er liebte, an seinem Herzen.
Keines von ihnen sprach.
Sie klammerten sich aneinander, bis sie die Schläge ihrer Herzen nicht mehr unterscheiden konnten.
Sie küßten sich nicht. Sie standen nur still und spürten einander von den Stirnen bis zu den Füßen als ein Einziges – waren wie ein Baum, dem ein Keil ins lebendige Leben getrieben worden war und der geblutet hatte und sich, befreit, von neuem zum Ganzen schloß.
Eine unendliche Ruhe überströmte den Mann. Ein Gefühl, in dem viel Heiterkeit war. Er hob das Gesicht der Frau zu sich empor und küßte ihre überströmenden Augen und ihren hingegebenen Mund mit den trinkenden Küssen endlichen Wiedersehens. Er spürte das Zucken ihrer Lippen, die reden wollten, und deckte sie mit seinen Lippen zu.
»Sage nichts ...«, murmelte er, als spräche er zu ihrem Munde statt zu ihren Ohren. »Sage nichts ... Du bist da ... Ich habe dich bei mir ... Ich habe dich in meinen Armen ... Alles andere ist unwichtig ... Alles andere hat keinen Sinn ... Du bist da, Irene ... Du bist da ...«
Die Frau erwiderte nichts. Als er den Kopf hob, um sie zu betrachten, sah er, daß sie lächelte. Und ihr Lächeln war das einer Verklärten.
»Wie bist du hierhergekommen?«
»Das ist eine lange Geschichte, Lieber ... Soll ich sie dir erzählen?«
»Ja, aber du mußt in meinen Armen bleiben ... Setze dich; ich will dir ins Gesicht sehen können. Ich will neben dir sitzen und deine Hände halten. Ich will dich anschauen, wenn du sprichst ... Vielleicht wirst du manches deiner Rede zweimal sagen müssen, ge-

liebte Frau, wenn ich über dem Lauschen auf deine Stimme den Sinn der Worte nicht erfasse ... Du mußt nicht mehr weinen – dazu hast du keinen Grund ... Sieh mich an mit den Augen, die mir gehören! Ich will mich im blanken Spiegel deiner Augen wiederfinden, was mehr an Glück ist, als ich jemals wiederzugewinnen hoffte. Mir ist das Herz schwer um dich gewesen, Irene. In einer Stunde habe ich mir fast das Gehirn zerrüttet um dich ... Nun bist du da ...«

Er schüttelte leise den Kopf, sah der Frau ins Gesicht und lachte vor sich hin.

»Hast du meine Briefe bekommen?«

»Ja, Liebster. Keine zwölf Stunden, nachdem du sie geschrieben hattest ...«

»Wie ist das möglich?«

»Ich war niemals so weit von dir entfernt, daß du mich nicht hättest errufen können ...«

»Nun frage ich nichts mehr ... Nun mußt du erzählen. Ich habe schon fast verlernt, mich zu wundern ...«

»Es ist bald erzählt, mein geliebter Mann ... Am letzten Abend, da du noch halb im Fieber zu Hause lagst, wurde ich angerufen. Von meiner Schwester. Sie bat mich, sofort zu ihr zu kommen. Sie hätte eine Nachricht erhalten, vor der sie völlig kopflos stünde, und müßte sich unbedingt mit mir aussprechen. Sie bäte mich inständig um unserer herzlichen Liebe willen, sie jetzt nicht im Stich zu lassen.«

»Sehr merkwürdig«, meinte Fürbringer.

»Was, Liebster ...«

»Hanna ist nicht der Mensch, der den Kopf verliert, wenn er ihn am nötigsten braucht.«

»Freilich nicht. Aber das kam mir erst später in den Sinn. Sie weinte so verzweifelt, während sie mit mir sprach, daß ich mich ernstlich erschreckte und ihr zusagte, sofort zu kommen. Ich zog mich an, überzeugte mich, daß du fest schliefst, gab Franz die nötigen Anweisungen und ging aus dem Hause.«

»Um welche Zeit war das?«

»Gegen halb neun.«
»Hm ... Und weiter?«
»Das nächste war, daß ich weit und breit kein Auto bekommen konnte. Es regnete. Die Straßen troffen. Die Elektrischen waren überfüllt. Es dauerte endlos, bis ich mitfahren konnte. In einer halben Stunde ging der Zug, den ich benutzen wollte. Als ich den Bahnhof erreichte, hatte er ihn soeben verlassen. Der nächste fuhr in fünfzig Minuten. Wenn ich mir ein Auto nahm und dem Fahrer zehn Mark versprach, hätte er mich vielleicht bei rasendem Tempo in einer guten Stunde zu Hanna gebracht. Aber ich war nun auch ruhiger geworden, überlegte mir die Sache mit mehr Besonnenheit und beschloß, Hanna unbedingt erst noch einmal anzurufen, ehe ich dich stundenlang allein ließ, und sie zu bitten, lieber zu mir zu kommen, wenn sie mich durchaus noch in dieser Nacht sprechen müßte. Es dauerte Ewigkeiten, ehe ich die Verbindung bekam. Als ich sie endlich hatte, war Hanna selbst am Fernsprecher und fragte mich im muntersten Ton, wie es dir ginge und wann sie dir die ersten Märzglocken aus dem Garten bringen dürfte; sie wären eben aufgeblüht ...«
»Sehr gut!« sagte Fürbringer etwas grimmig.
»Es gab ein langes und lebhaftes Hin und Her. Hanna schien mich für verrückt zu halten. Wenigstens riet sie mir dringend, deine Pflege wenigstens für kurze Zeit einer anderen Kraft zu überlassen. Ich gab ihr die Versicherung, daß ich durchaus nicht geistig gestört und im übrigen völlig Herrin meiner Nerven sei; aber ich könnte einen Eid darauf ablegen, daß sie mich um halb neun Uhr angerufen und mich um Gottes und des Himmels willen gebeten habe, zu ihr zu kommen und ihr in einem schweren Kummer beizustehen. Darauf erwiderte sie, daß sie mir mit demselben Nachdruck schwören könne, weder mich angerufen noch einen Kummer zu haben, und die ganze Angelegenheit sei so rätselhaft wie möglich ...«
»Arme Hanna!« sagte Fürbringer lächelnd. »Ich kann mir vorstellen, wie ihre liebenswerte, fröhliche Nüchternheit sich sehnte, dem Spuk zu Leibe zu gehen ...«

»Liebster, danach sehnte ich mich auch. Und ich tat es. Ich schloß das Gespräch mit Hanna und rief unsere Nummer an. Franz antwortete. Ich wußte, daß die Glocke der Nebenstelle an deinem Schreibtisch nicht anschlagen konnte; wir hatten sie ausgeschaltet, damit du nicht gestört würdest. Ich fragte Franz, ob irgend etwas sich ereignet habe während meiner Abwesenheit. Ja ... Ein fremder Herr sei dagewesen; du habest ihn weggeschickt und dann zurückgerufen, und er hätte das anscheinend nicht anders erwartet, denn er wäre vor dem Hause auf und ab gegangen, als Franz ihn holte. Als ich ihn aufforderte, mir den Fremden zu beschreiben, wußte er nur zu sagen, daß er eine Haut wie nasser Lehm habe und ein merkwürdiges Deutsch spreche. Ich verbot ihm, dir oder dem Fremden etwas von meinem Anruf verlauten zu lassen, nahm mir am Bahnhof ein Auto und fuhr nach Hause. Als ich ankam, warst du seit zehn Minuten fort ...«

»Mein armer Liebling ... Hast du dich geängstigt?«

»Ich weiß nicht, ob dies das rechte Wort ist ... Ich weiß nur, daß ich eine sinnlos lange, verschwendete Zeit vor deinem leeren Bette stand und das Kissen anstarrte, das noch die Stelle zeigte, wo dein Kopf gelegen hatte. Franz stand neben mir und redete auf mich ein. Aber ich verstand kein Wort von dem, was er sagte. Ich war am ganzen Körper eiskalt und fühlte irgendeinen unbestimmten Schmerz, der vom Gehirn ausging und mir gleichzeitig die Füße lähmte. Ich setzte mich auf den Rand deines Bettes und ließ die Arme hängen. Ich glaube, wenn einer gekommen wäre, um mich totzuschlagen – ich hätte mich nicht gewehrt ...«

Fürbringer streichelte die Hände seiner Frau. Er hob sie an die Lippen und hielt sie dort fest.

»Jetzt, da du's überstanden hast, freut's mich beinahe«, sagte er halblaut. »Sei mir nicht böse, Irene ... Du weißt, wie eigensüchtig mein Herz ist, wenn es sich um dich handelt. Und du hast es um dieser liebenden Selbstsucht willen manchmal am innigsten geliebt ... So nehme ich auch deine arme, schmerzliche Angst als ein Geschenk deines Herzens, du Frau aus Gold ... Hat dir der Diener denn nicht gesagt, was ich ihm aufgetragen hatte?«

»Doch, mein Liebster ... Aber ich habe ihn nicht verstanden. Vielleicht hat er Angst vor mir bekommen; vielleicht fürchtete er, wenn auch mit mehr Grund als Hanna, wie sie, daß ich den Verstand verloren hätte. Er sprach unaufhörlich auf mich ein, wiederholte unentwegt den gleichen Satz, die Kraft seiner Stimme beständig steigernd, bis er zuletzt mit der vollen Wucht seiner Lungen schrie, um mich aus meiner Starrheit aufzuwecken. Es gelang ihm auch, wenigstens teilweise. Allmählich hatte er mir die Worte: ›Außerordentlich wichtige Berufsangelegenheit ... Besuch eines fremden Herrn ... sofort abreisen ... in keiner Weise sorgen ... vollkommen gesund ... morgen früh telegraphische Nachricht‹ ... so ins Gehirn gehämmert, daß ich sie begriff. Aber das half mir nicht aus der Angst heraus ... Du mußt bedenken, mein Geliebter, daß ich dich nach endlosen Wochen der Krankheit, auf den Tod erschöpft und nicht frei von Fieber, im ersten, tiefen Schlummer der Genesung verlassen hatte. Und nun warst du aufgestanden, warst fortgegangen – mit einem wildfremden Menschen, ohne mir eine erklärende Zeile zu hinterlassen ...«

»Ich hatte es versucht, Irene – aber es war mir nicht gelungen ...«

»Das weiß ich jetzt, mein Lieber – damals wußte ich's nicht. Ich hielt dein Tun und Unterlassen für die gefährlichsten Ausgeburten des wiedergekehrten Fiebers, das ein Mensch, den ich nicht kannte und dem ich grenzenlos mißtraute, sich zum Helfershelfer geworben hatte. Ich fragte Franz aus – er wußte nichts. Der Fremde war im Auto gekommen, war mit dir im Auto weggefahren. Auch der Fahrer war ein Mann mit einem Lehmgesicht gewesen. Du hattest keinerlei Gepäck mitgenommen – nicht einmal eine Handtasche. Du warst anscheinend völlig wohl gewesen, kaum etwas aufgeregt, und hättest mich bitten lassen, ganz ohne Sorge zu sein. Jeden einzelnen dieser kargen Umstände mußte mir Franz unzählige Male wiederholen, ohne daß ich dadurch zur Klarheit und Ruhe gekommen wäre. Als ich eben mit mir zu Rate ging, ob ich die Polizei von der Angelegenheit in Kenntnis setzen sollte, klingelte es. Franz stürzte zur Tür. Ich war nicht imstande, ihm zu folgen. Die Zeit bis zu seiner Rückkehr wurde mir zum Jahr. Er öffnete die Tür deines Arbeitszimmers, machte Licht und kam zu mir herein ... ›Seine Hoheit der Fürst von Eschnapur‹, meldete er.«

»Was?!« – fragte Fürbringer.

Irene lächelte.

»Da du dich wunderst, weiß ich, daß du mich ganz richtig verstanden hast«, sagte sie.

»Der Fürst war bei dir?«

»Ja.«

»Am Tage, als ich abreiste?«

»Es war beinahe Mitternacht, Liebster ...«

Fürbringer schüttelte den Kopf.

»Ich wollte mich nicht mehr wundern«, murmelte er.

»Liebster, er hat mir auch keine Zeit dazu gelassen. Er stand mitten im Zimmer, der offenen Schlafzimmertür gegenüber, den Hut in der Hand, im Anzug und mit den Manieren des besterzogenen Mitteleuropäers und mit dem asiatischen Gesicht, in dem die starken Zähne glänzten, denn er lächelte, während er sich verbeugte.

›Ich bitte Sie tausendmal um Verzeihung, meine gnädigste Frau, daß ich es wage, Sie jetzt zu stören‹, begann er, als ich eintrat, ›aber ich nehme an, daß Ihnen keine Stunde zu spät wäre, in der Sie Nachricht von Ihrem Gatten erhalten würden. Also das Wichtigste zuerst: Ihr Gatte befindet sich vollkommen wohl, in ausgezeichneter Pflege und durchaus mit freiem Willen auf dem Wege nach Indien, wo er, wie ich hoffe, ein Werk schaffen wird, das die Weltwunder des Altertums in den Schatten stellen soll.‹

Die Angst um dich hatte mich aus dem Gleichgewicht gebracht, ich war weder höflich noch gerecht.

›Woher wissen Sie das?‹ fragte ich.

›Er tut es in meinem Auftrag‹, antwortete der Fürst verbindlich. Aber ich war nicht gesonnen, mich fangen zu lassen.

›Geschah es auch in Ihrem Auftrag, Hoheit‹, fragte ich, ohne ihn zum Sitzen aufzufordern, ›daß mein Mann nach kaum überstandener Krankheit in einem Zustand, der vielleicht gefährlicher als die schlimmsten Tage des Fiebers ist, aus dem Bett geholt und mitten in der Nacht der Regenluft ausgesetzt wurde? Und weiter: Geschah es auch in Ihrem Auftrag, daß man mich durch einen gefälschten Auftrag aus dem Hause lockte und für etliche Stunden von ihm fernzuhalten suchte?‹

›Beides, gnädige Frau‹, antwortete der Fürst. ›Und in gewisser Beziehung war es außerordentlich schade, daß Sie den Zug nicht mehr erreichten. Wir hatten einen Rechenfehler gemacht und Ihr Pflichtbewußtsein als Krankenpflegerin unterschätzt. So etwas rächt sich immer. Wenn Sie, wie es ursprünglich in meinem Plane lag, zu Ihrer Frau Schwester gefahren wären, dann würden Sie vor ihrem Hause einen Mann gefunden haben, der Ihnen einen Brief überreicht hätte, mit der dringlichen Weisung, ihn sofort zu lesen. Und Sie hätten ihn gelesen und die Erklärung darin gefunden, die ich Ihnen nun mündlich geben muß. Obgleich ich auf diese Weise den Vorzug, Ihre persönliche Bekanntschaft zu machen, etwas eher genieße, als beabsichtigt war, muß ich Ihnen ehrlich gestehen, gnädige Frau, daß ich bedaure, zu dieser mündlichen Erklärung gezwungen zu sein. Sie sehen mich mit großem Mißtrauen an. Ich gebe zu, daß Sie dazu berechtigt scheinen. Aber Sie sind es nicht. Sie haben keinen Grund, mir zu mißtrauen; im Gegenteil . . .‹

›Geben Sie mir den Beweis davon, Hoheit‹, antwortete ich. ›Und wenn Sie das können, wird niemand darüber froher sein als ich.‹

Siehst du, und da erzählte er mir alles. Er rollte den Plan des Grabmals geistig vor mir auf; und du solltest es bauen. Du wirst mich nicht auslachen und nicht mißverstehen, geliebter Mann, wenn ich dir sage, daß ich von diesem Augenblick an die Angst um dich vergaß – daß mir das Herz heiß brannte, wenn ich an das dachte, was du schaffen solltest. Es ist nicht Ehrgeiz – du weißt es! Mein Frauenehrgeiz wäre satt geworden am Hause auf dem Roten Hügel und an der Kirche der Immaculata. Aber während der Inder sprach, fühlte ich, daß er deine Werke liebte – ja, daß er deine

Gedanken liebte, deine Seele – dein Wesen, das er, der Asiate, mit einer uneingestandenen, aber in ihrer Wehmut sehr beredten Sehnsucht zu gewinnen suchte. Obwohl es dir ganz sinnlos erscheinen mag, hatte ich Mitleid mit ihm, weil ich mich im Vollbesitze deines Wesens und deiner Liebe reich und ihm überlegen fühlte ...

Wir hatten uns doch gesetzt. Er sprach, und ich hörte ihm zu. Und als er fertig war, sagte ich: Ich hätte ihn sehr gut verstanden, und ich liebte das Werk, das er in deine Hände gelegt hätte, und hoffte, du würdest es schaffen und vollenden. Nur eines hätte ich nicht begriffen – warum er diesen Auftrag mit solch einer Fülle von Geheimnissen umschleiert hätte. Das hätte er meiner Ansicht nach nicht nötig gehabt. Was dich beträfe, so hätte die Schönheit und die Größe des Planes genügt, um dich zu locken. Und ich wäre wahrlich die letzte Frau gewesen, dich zurückzuhalten.

›Das weiß ich‹, entgegnete der Fürst und sah mich ernst an. ›Es handelt sich auch nicht darum, kraft dieser Geheimnisse einen möglichen Widerstand Ihres Mannes zu überwinden oder Sie aus unserem Plane auszuschalten. Es handelt sich vielmehr darum, in der Seele Ihres Mannes Europa auszulöschen. Denn sonst könnte er das indische Grabmal nicht bauen. Sein Geist, sein Gefühl, fast möchte ich sagen: sein Blut muß ganz angefüllt werden mit der Seele und dem Blute Indiens. Sie müssen entwurzelt werden und sich haltlos gierig ansaugen in dem neuen Erdreich, in dem sie schaffen sollen. Er muß eine Zeitlang im Dunkeln gehen und den abendländischen Tag vergessen. Die wütende Sonne Indiens muß vor ihm aufgehen ohne die Mildheit einer deutschen Morgendämmerung, und die Nächte Indiens, die wie unerlöste Dämonen sind, müssen sich vor ihm aufrecken gleich Bergen, die auf ihn zu stürzen drohen, die er nie erklimmen kann und nie umwandern ... Darum wollte ich nicht, daß Sie mit ihm gingen; denn solange Sie bei ihm wären, wäre Europa bei ihm – das Geheimnislose, das Starke, Heitere und Furchtlose – das, was nie den Boden unter den Füßen verliert und die Sinnlosigkeit des Grauens vor dem Nichts nicht kennt. Sie werden das begreifen, denn Sie sind klug und haben Ehrfurcht vor dem Künstler, der sein größtes Werk schaffen soll. Die Frau wird es ihm nicht verderben wollen.‹«

»Das hat er sehr geschickt gemacht«, meinte Fürbringer in erboster Anerkennung.

»Ja. Aber damit kaufte er sich nicht los. Ich sagte ihm: Vor dem Künstler liebte ich den Menschen Michael Fürbringer, und wenn ich auch fest davon überzeugt wäre, daß von seiner Seite alles geschähe, dich zu pflegen, so wäre es doch gänzlich ausgeschlossen, daß ich dich auf unbegrenzte Zeit hinaus entbehren könnte, ohne zu wissen, wie es dir erginge, und ohne mich selbst davon überzeugen zu können . . .

›Das sollen Sie auch nicht‹, sagte der Fürst sehr ruhig. ›Wenn Sie mir Ihr Wort geben, bis zu einem Zeitpunkt, den ich mir vorbehalte, der aber durchaus in den Grenzen des Möglichen und Vernünftigen liegt, keinerlei Verbindung mit Ihrem Gatten zu suchen, weder durch schriftliche noch durch mündliche Vermittlung, weder durch einen Boten noch durch sich selbst, so mache ich Ihnen den Vorschlag, mit mir nach Indien zu reisen. Sie würden unter einem Dache mit Ihrem Gatten wohnen; die Größe des Daches bürgt dafür, daß Sie sich trotzdem nicht begegnen würden. Aber Sie hätten jedenfalls Gelegenheit, das Befinden Ihres Gatten selbst zu beurteilen, und ich gebe Ihnen meinerseits die Versicherung, daß ich Sie bei dem geringsten Anlaß zur Besorgnis benachrichtigen würde.‹«

»Hast du ihm das Versprechen gegeben?« fragte Fürbringer ungläubig.

»Nein.«

»Und doch bist du hier?«

Die Frau lächelte.

»Er mußte wohl einsehen, der kluge und sehr mächtige Fürst von Eschnapur, daß ihm kein Ausweg blieb als der, mich bedingungslos unter ein Dach mit dir zu führen. Denn darauf gab ich ihm mein Wort, daß ich deine Spur finden und dir nachgehen würde wie eine gute Hündin – und daß ich dich ganz gewiß finden würde, mitten im Herzen von Indien, und obwohl ich der Sprache unmächtig sei.

Er schien mir die Ausführung dieses Gelübdes wohl zuzutrauen, denn er erklärte sich nach kurzem Bedenken mit meinem Wunsche einverstanden, wobei er, wie er sich ausdrückte, es allerdings für seine Pflicht hielt, mich darauf aufmerksam zu machen, daß er seinerseits jede Gegenmaßregel treffen würde, eine vorzeitige Zusammenkunft zwischen dir und mir zu verhindern. Und das hat er getan.«

»Hat er dich als Gefangene gehalten?«

»Es war eine sanfte Gefangenschaft, Liebster – eine Gefangenschaft in vielen Sälen und Zimmern und mit einer verwirrenden Fülle von Dienerschaft. Ich glaube, ich habe in den Tagen meines Hierseins niemals das gleiche Gesicht unter meinen Mädchen gesehen. Das kann ein Zufall sein. Aber wenn man lebt, wie ich gelebt habe, dann wird man mißtrauisch.«

Michael Fürbringer stand auf.

»Laß dir sagen, geliebte Frau – wir haben auch Grund zum Mißtrauen. Weißt du, für wen ich das Grabmal bauen soll?«

»Ja.«

»Weißt du, daß die Frau noch lebt?«

»Wir müssen ihr helfen, Michael.«

»Ja, das müßten wir. Und es war auch mein fester Entschluß, wenigstens den Versuch zu machen. Noch ehe ich dich zum ersten Male hier sah.«

»Wann hast du mich gesehen?«

Michael Fürbringer strich seiner Frau mit einer etwas schwermütigen Bewegung übers Haar.

»Weißt du das nicht mehr?«

»Nein. Du sprichst, als hätte ich dich auch gesehen ...«

»Du sahst mich und hörtest mich rufen und hast mir auch Antwort gegeben, meine Geliebte. Warum wichest du mir damals aus?«

Irene wehrte die Hände ihres Mannes ab; erhob sich, stand nahe und sehr gerade aufgerichtet vor ihm und sah ihm mitten in die Augen hinein.

»Ich weiß nicht, wovon du sprichst ...«

»Irene!«
»Ich weiß nicht, wovon du sprichst!« wiederholte die Frau leidenschaftlich. »Aber ich habe dich niemals gesehen, niemals deine Stimme gehört, niemals dir geantwortet ...«
Sie hielt inne, da ihr die Stimme versagte. Michael Fürbringer starrte seiner Frau ins Gesicht. Ihr wie ihm standen die Lippen offen. Er fuhr sich mit der Hand über den Hinterkopf.
»Was ist das ...?!« murmelte er. »Sind wir behext? Sind wir in einem Lande, das von einem Wahnsinnigen beherrscht und von Wahnsinnigen bewohnt wird?«
Irene erwiderte nichts. Sie stand bewegungslos. Plötzlich, als hätte sie einen fürchterlichen Stoß erhalten, warf sie ihre Arme dem Manne auf die Schulter und sagte mit einer Stimme, die das Grauen erstickte: »Laß uns fortgehen aus diesem Lande ... Hörst du ... Laß uns fortgehen ...«
Fürbringer hielt sie fest. Er hatte die Lippen zwischen die Zähne gezogen und blickte über ihren Kopf hinweg mit verschnürten Brauen ins Leere.
»Wir dürfen nicht ins Blaue hinein handeln«, sagte er langsam. »Wir müssen die Überlegung bewahren. Wenn wir hierbleiben, bleiben wir zusammen. Soviel steht fest. Wenn wir fortgehen, geben wir die Frau ihrem Schicksal preis, das unsere Gegenwart vielleicht zu verhindern vermag. Du wirst keine Angst haben, Irene – wenn du bei mir bist, nicht wahr?«
»Nein, mein Geliebter ...«
»Ich möchte nicht, daß wir einmal für die Feigheit einer Stunde mit unserer Seele büßen müssen, Irene. Möchtest du das?«
»Nein ...«
»Das wußte ich ... Ich werde, wenn es hell geworden ist, zum Fürsten gehen und ihm sagen, daß ich dich gefunden habe. Nach seiner Antwort und seinem Verhalten werden wir uns zu richten wissen. Eines steht fest«, fuhr er fort, die Frau noch inniger an sich ziehend, »uns beide trennt er nicht wieder. Und wenn er wirklich glaubt, daß meine asiatischen Baupläne unter deiner Gegenwart zu abhängig von Europa würden, so müssen ihm meine Entwürfe

den Beweis bringen, daß der künstlerische Wille dem menschlichen durchaus nicht unterliegen muß.«
»Hast du das Grabmal schon entworfen?« fragte Irene mit einer gewissen Zärtlichkeit.
Fürbringer nickte.
»Willst du die Pläne sehen?«
Irene zögerte. Dann schüttelte sie den Kopf.
»Nein«, sagte sie. »Ich glaube, es würde dich traurig machen. Denn vielleicht wäre dies Werk, das du nicht schaffen wirst, dein schönstes geworden ...«
»Vielleicht«, wiederholte Fürbringer. »Aber was tut das? Wenn wir daheim zusammensitzen werden ... es ist still geworden auf den Straßen ... es regnet, daß es in den breiten Ahornbäumen rauscht ... Dann will ich das Grabmal aufbauen vor dir und mir und keinem sonst, und wir werden es lieben und von ihm sprechen, und es wird ganz gewiß vollkommen sein ...«
»Sieh«, sagte Irene, die Hand ausstreckend, »es wird Tag.«
Fürbringer wandte sich um. Das Licht der Lampe hatte seine Kraft verloren; das feine Gewebe in den Fensterhöhlen begann zu glühen.
»Der Fürst ist ein Frühaufsteher«, sagte Fürbringer. »In einer Stunde werde ich zu ihm gehen. Willst du mich begleiten?«
»Ich möchte nicht allein zurückbleiben«, sagte die Frau halblaut, als ob sie fröre. »Ich weiß nicht, was sie im Sinne haben, aber ich glaube, sie lieben uns nicht, und sie werden es uns fühlen lassen, daß wir ihre Pläne durchkreuzten.«
Der Mann zuckte die Achseln.
»Sie sollen tun, was sie nicht lassen können. Ich habe dich an der Hand und bin fest entschlossen, mich durch keinen Spuk mehr aus der Fassung bringen zu lassen.«
»Ich weiß nicht, ob ich für meine Nerven einstehen könnte«, meinte Irene, ohne ihn anzusehen. »Es ist nichts, das mit der Vernunft zu tun hat; es ist auch nichts, dem man mit Vernunft beikommen könnte. Es liegt etwas in der Luft des Landes, das sie schwer zu atmen macht. Aber es läßt sich nicht fassen; es läßt sich

nicht einmal bei Namen nennen. Dennoch ist es da; und ich glaube, auf die Dauer würde ich krank davon werden ...«
»Hast du Fieber?« fragte Fürbringer, nach ihren Schläfen fühlend.
Sie sah ihn an. Die Tränen traten ihr in die Augen.
»Nein«, antwortete sie. »Ich fürchte mich.«
Da nahm er sie in seine Arme ...
Eine Stunde später öffnete er die Tür, die aus seinem Wohnzimmer in die Gänge führte.
Quer vor der Türe, gleich einem Bündel Lumpen, das einer achtlos fortgeworfen, lag Miriam.
Sie schlief nicht. Sie wachte. Ihre offnen Augen, die aussahen, als hätten sie sich die ganze Nacht lang nicht geschlossen, boten sich schmerzhaft ernst dem Licht der jungen Frühe, das auf sie fiel.
Sie gewahrte den Mann und die Frau wohl, aber sie stand nicht auf.
Es war, als wünsche sie, daß ihre Füße über sie wegschreiten möchten. Eine zum Höchsten gesteigerte Inbrunst der Unterwerfung sprach aus ihrem regungslosen Hingestrecktsein.
Irene bückte sich und hob das Mädchen auf.
Miriam wehrte sich nicht gegen sie. Sie war gehorsam.
Sie ließ sich umschlingen und halten und entzog sich nicht den sanften Lippen und Händen, die sie liebkosten. Aber in dem unbewegten Ernst ihres Blickes lag die volle Erkenntnis der Wahrheit, daß diese Liebkosungen nur wie Tropfen waren, die vom Rande eines übervollen Bechers strömten und die segnen müssen, weil sie sind – ohne zu fragen, wen sie segnen.
»Dich hatten wir vergessen«, murmelte die Frau. »Es soll nicht mehr geschehen ...«
»Warum hast du vor der Tür gelegen, Kind?« fragte Fürbringer.
»Das war nicht dein Platz, meine kleine Schwester, und das wußtest du auch.«
Das Mädchen sah ihn an; es stand mit hängenden Armen in der sachten Hut der fremden Frau.
»Jemand mußte sein, der wachte«, sagte es.

»Auch wir haben nicht geschlafen, kleine Schwester«, antwortete Fürbringer lächelnd.
»Wer glücklich ist, schläft«, sagte Miriam eintönig.
Darauf wußten die beiden weißen Menschen nichts zu erwidern.
Irene nahm das Mädchen bei der Hand.
»Sie darf mir nicht mehr von der Seite kommen«, sagte sie, zu ihrem Mann gewendet. »Als sie mich zu dir brachte in dieser Nacht, schrie die Angst aus ihren stummen Lippen, daß es mich am Herzen riß. Vielleicht täuscht sie sich; vielleicht droht ihr gar keine Gefahr. Aber sie ängstigt sich, und ich will nicht, daß sie sich ängstigt; mir ist ihre kleine Seele lieb, als wäre sie wirklich deine kleine Schwester ...«
»Du kannst sie nicht mit zum Fürsten nehmen, liebste Frau; er denkt nicht wie wir über ein armes Kind, das sie zur Witwe gemacht haben, kaum daß es laufen konnte.«
»Dann bleibe ich hier ... Ich warte auf dich in deinem Zimmer ... Ich fürchte mich nicht mehr, da ich etwas zu beschützen habe ...«
»Sahib«, sagte Miriam plötzlich mit einem merkwürdig hellen Ton, als spräche sie aus einem Traum heraus, »willst du zum Fürsten gehen und ihm sagen, daß du deine Frau gefunden hast?«
»Ja, meine kleine Schwester«, antwortete der Mann.
Miriam sah ihn an. Ihre Augen grübelten.
»Wolltest du mir etwas Besonderes sagen, Kind?« fragte Fürbringer, zum Gehen gewendet.
»Nein, Sahib ... Der Fürst wird heute abend ein Fest geben ...«
»Nun – ist das etwas Besonderes?«
»Nein, Sahib«, antwortete Miriam tonlos.
Fürbringer ging ...

IX

Vor dem Zimmer des Fürsten hockte Ramigani auf seinen Fersen. Fürbringer rief ihn an, aber der Inder antwortete nicht. Sein Unterkiefer hing wie eine schadhafte Klapptür lose in den Angeln. Seine Haut war vollkommen glanzlos und seine Augen stumpffarbig wie Ruß.

Irgend etwas Namenloses, aber Ungeheuerliches schien mit einer breiten, feuchten Hand von den Zügen Ramiganis weggewischt zu haben, was Wissen, Erziehung und Wollen hieß. Die greisenhaftkindische Gleichgültigkeit eines Urwesens überließ sich widerstandslos Gefühlen, denen es nicht gewachsen war.

Fürbringer rüttelte ihn bei der Schulter.

»Ramigani, bist du blödsinnig geworden?«

Der Inder ließ sich schütteln wie ein Baum; seine Zähne klirrten aufeinander. Er starrte Fürbringer an, ohne ihn mit dem Blick zu erfassen, und lallte ein paar Worte, die einer fremden, leichenhaften Sprache angehörten.

Fürbringer unterdrückte einen Fluch, der ihm zwischen die Zähne sprang. Er fühlte den Aufstand seiner Nerven und wollte ihm zuvorkommen.

»Höre, Ramigani, du wirst jetzt aufstehen und dem Fürsten melden, daß ich ihn zu sprechen wünsche – hast du mich verstanden?«

»Ja, Sahib«, antwortete der Inder, als hätte er Schlamm im Mund.

»Dann, bitte, beeile dich – steh auf! Worauf wartest du?«

Ramigani glotzte ihn an.

»Geh nicht zu dem Fürsten, Sahib«, murmelte er mit einer Bewegung, als zöge er seinen Kopf aus der Schlinge eines Stricks.

»Warum nicht?«

Ramigani zog den Kopf zwischen die Schultern.

»Er hat Blut in den Augen«, sagte er heiser.

Fürbringer stieß die Luft durch die Nasenlöcher.

»Schwatze nicht, Ramigani, mein Freund! Tu, was ich dir gesagt habe!«
Ramigani wollte gehorchen. Aber mitten in der Bewegung des Aufstehens fiel er vornüber und kam mit der Stirn auf Fürbringers Füße zu liegen.
»Sahib«, stammelte er, während der dürre Hindukörper sich zusammenkrampfte, »ich will einen anderen rufen, der dies für mich tut ...«
»Zum Teufel!« Fürbringer begann zu lachen. »Laß mich vorbei, Ramigani, altes Waschweib, ich melde mich selbst an und brauche dich nicht ... Nun? Gib die Tür frei!«
Ramigani wich auf die Seite. In dem Augenblick, da Fürbringer an ihm vorübergehen wollte, rührte der Inder mit beiden Händen an die Knöchel seiner Füße.
»Sahib«, sagte er und hob seine stumpfen Augen zu dem weißen Menschen, dessen Blicke seiner spotteten, »wirf es nicht auf meinen Namen, was von nun an geschieht ...«
»Höre«, Fürbringer blieb stehen und sah den Inder scharf an, »habt ihr vielleicht eine Schurkerei vor, du und dein Herr?«
Ramigani duckte sich.
»Verflucht sei meine Zunge«, murmelte er. »Sahib, was fragst du mich?«
Fürbringer blickte eine Zeitlang stumm auf den braunen Menschen hinab, dem der Atem über die Lippen pfiff. Dann zuckte er die Achseln und wandte sich ab. Er klopfte gegen die Tür und trat ein, ohne eine Antwort abzuwarten.
Das Zimmer war leer. Auf dem blankschwarzen Marmorboden lag der Widerschein der roten Frühe, die sich durch vier unverhüllte Fenster ergoß, wie eine purpurne Lache.
Die Einrichtung des großen Raumes war die denkbar nüchternste. Quer in das Zimmer hineingestellt ein Schreibtisch, mit grünem Tuch bespannt; ein Stuhl davor, ein Sessel daneben. Auf einem häßlichen, braungebeizten Gestell stand ein Grammophon und sperrte sein ungeheures Maul auf, als sei es dazu verflucht worden. Vor ihm saß in Lebensgröße ein kleiner Fox aus Gips, mit

schiefem Kopf und gespannter Aufmerksamkeit auf Dinge horchend, die sich ihm allein offenbarten. Fürbringer betrachtete das schuldlose Vieh mit einer Art versteinerten Hasses. Es brachte ihn aus dem Gleichgewicht und war an dem Platze, wo es sich befand, von einer aufreizenden Unangreifbarkeit.

Das Eintreten des Fürsten unterbrach Fürbringer in der Erwägung dessen, was wohl geschehen würde, wenn er den Gipshund aus dem Fenster würfe.

Der Radscha war europäisch gekleidet. In seinen Bewegungen lag eine sehr gespannte und gesammelte Kraft. Eine ungewöhnliche Frische und Entschlossenheit schien von ihm auszugehen. Seine Hand schloß sich mehrere Sekunden um den Brokat des Vorhangs, den er beiseite geschoben hatte, um hereinzukommen.

»Ah – Herr Fürbringer«, sagte er. »Guten Morgen! Habe ich Sie warten lassen? Dann verzeihen Sie, bitte ... Warum hat Ramigani Sie nicht gemeldet?«

»Guten Morgen, Hoheit«, sagte Michael Fürbringer kräftig. »Ramigani scheint nicht ganz gesund zu sein. Er hockt draußen vor der Tür und schwatzt Unsinn. Halten Sie's für möglich, daß er einen Sonnenstich bekommen hat?«

»Ich werde ihm sagen lassen, daß ich es nicht liebe, wenn meine Diener Unsinn schwatzen«, meinte der gleichgültig. »Vielleicht heilt ihn das ... Aber vermutlich sind Sie nicht zu mir gekommen, weil Sie für Ramiganis Gesundheitszustand Befürchtungen hegen ...«

»Nein. Allerdings nicht. Ich bin zu Ihnen gekommen, Hoheit, um Ihnen mitzuteilen, daß meine Frau sich bei mir befindet ...«

Einen Augenblick herrschte vollkommene Stille. Die beiden Männer sahen sich an.

»Wie schade!« sagte der Fürst, das Kinn erhebend, mit einer Stimme, die höher als die seine war. »Damit ist mir eine hübsche Überraschung verdorben.«

»Eure Hoheit dürfen versichert sein, daß die Überraschung für mich eine vollkommene war«, meinte Fürbringer etwas trokken.

Der Radscha lachte. Er löste seine Hand aus dem Stoff des Vorhangs und kam weiter ins Zimmer herein.
»Sind Sie mir böse?« fragte er herzlich. »Sie müssen mir den Inder zugute halten, Herr Fürbringer; die Geheimniskrämerei liegt uns wohl im Blute, obwohl wir sehr genau wissen, daß jeder vernünftige Mensch den Schwindel durchschaut.«
»Ja«, entgegnete Fürbringer gedankenlos. Er zog die Brauen zusammen. Er litt fast körperlich unter der zwingenden Vorstellung: Wenn der Mann da drüben in eine von den roten Lachen tritt, gleitet er aus und fällt ... Aber der Fürst vermied es, in das Licht zu treten.
»Übrigens«, fuhr der Radscha fort, »da Ihre Frau Gemahlin mit diesem Tage ein Faktor in unserem Zusammenleben geworden ist, so wird es Ihnen und ihr vielleicht Freude machen, wenn sie sich an dem beteiligt, was ich Ihnen für heute vorschlagen wollte. Wir haben noch immer den geeigneten Platz für das Grabmal nicht gefunden, da Ihnen das Tal jenseits des Flusses nicht gefallen wollte. Wenn es Ihnen recht ist, machen wir heute nachmittag mit dem Auto eine Fahrt in die Ebene hinunter. Und wo Sie bestimmen, kann morgen mit den Vermessungsarbeiten begonnen werden ...«
»Selbstverständlich wird sich meine Frau sehr freuen«, antwortete Fürbringer förmlich. Er dachte: Miriam hat sich geirrt. Der Fürst gibt kein Fest heute abend. Ramigani ist ein Narr geworden.
»Ich bitte Sie«, fuhr der Radscha fort, »Ihrer Frau Gemahlin meine verbindlichsten Empfehlungen zu übermitteln. Da Sie einander so lange Zeit nicht gesehen haben, wird es Ihnen gewiß lieber sein, wenn Sie sich bis zur Abfahrt ausschließlich in Ihrer eigenen Gesellschaft befinden. Von morgen ab würde ich mich sehr freuen, wenn Ihre Frau Gemahlin nach der liebenswürdigen europäischen Sitte den Platz der Hausfrau an meinem Tisch einnehmen wollte.«
Fürbringer verbeugte sich.
»Also auf Wiedersehen!« sagte der Fürst, die Hand ausstrekkend.
Fürbringer ergriff sie. Er sah den Inder mit ernsten Augen an.
Der Inder erwiderte den Blick. Sein Gesicht blieb unbeweglich.

Die Hand, die Fürbringer in der seinen fühlte, war sehr schwer und kalt und schloß sich nicht zum Druck.
»Auf Wiedersehen, Hoheit!« sagte der Deutsche. Er ging.
Ramigani war nicht mehr vor der Tür. Auch auf dem Wege nach seiner Wohnung begegnete Fürbringer ihm nicht. Die Gänge des Palastes lagen wie ausgestorben. Hier und da glitten in der Ferne Schatten aus dem Licht ins Dunkle; aber vor dem Näherkommen verleugneten sie ihren Ursprung und blieben ein Nichts.
Fürbringer trat in sein Zimmer und schloß die Tür hinter sich ab.
Irene saß an einem Fenster, über deren Rolläden das Wasser spülte und in der Sonne gleißte, Miriam kauerte vor ihr und hatte all ihren Schmuck in den Schoß der fremden Frau geschüttet, daß die bunten Perlenketten über ihre Knie troffen.
»Habt ihr Freundschaft geschlossen?« fragte der Mann, Irenes Augen küssend.
»Hast du den Fürsten gesprochen?« fragte die Frau.
»Ja ...«
»Und was sagte er?«
»Nichts ... Es sei schade, daß wir ihm die Überraschung verdorben hätten ... Er läßt sich dir angelegentlichst empfehlen und lädt dich ein, heute nachmittag mit ihm und mir eine Autofahrt in die Ebene zu machen, um den Platz für das Grabmal auszusuchen ...«
»Sprach er von einem Fest für heut abend?«
»Kein Wort. Aber er hoffte, daß du von morgen ab den Platz der Hausfrau an unserer Tafel einnehmen wirst ... Heute wollte er uns nicht stören ...«
»Von morgen ab«, wiederholte Irene. Sie stand auf, daß Miriams Schmuck von ihrem Schoß niederrieselte. Während sie die Arme um den Hals ihres Mannes legte, sagte sie: »Michael, dann müssen wir heute noch fort ...«
»Warum?«
»Ich weiß nicht ... Ich fürchte mich ...«
»Das ist sehr töricht, mein Liebling.«

»Das mag sein. Ich könnte dir auch keine Ursache für meine Furcht angeben. Du weißt, ich bin sonst nicht feige, ich habe auch gute Nerven und lasse mich nicht leicht aus dem inneren Gleichgewicht bringen. Aber ich fürchte mich ... Die grausige Fremdheit aller Dinge lastet auf mir wie der Deckel eines Sarges. Ich liege in dem Sarge, der Deckel ist daraufgelegt worden; nur lose ... ich kann noch hinaus, wenn ich will ... In einer Stunde wird er zugeschraubt, und ich muß ersticken ... Das ist mein Gefühl, Liebster ... Nenne mich töricht, aber gib mir nach – laß uns heute noch fortgehen ...«
»Das ist ausgeschlossen, Irene ... Ich habe dem Fürsten mein Versprechen gegeben, das Grabmal zu bauen. Ich habe keine Veranlassung, wortbrüchig zu werden. Ich besitze keine Handhabe gegen ihn; sein Verhalten gegen dich und mich ist verzerrt und hat in seinem tiefsten Grunde vielleicht Absichten, die uns feindlich und gefährlich sind. Wir werden uns vorsehen; aber solange wir ihm die feindlichen Absichten nicht nachweisen können, sind wir gezwungen, gute Miene zum fragwürdigen Spiele zu machen ...«
»Ich glaube, ich weiß, was sein Gedanke war, als er mich herüberbrachte«, sagte die Frau. »Er wollte eine Geisel haben ...«
»Möglich.« Fürbringer zuckte die Achseln. »Wenn es sich in der Tat so verhält, so haben wir ihm den stärksten Trumpf aus der Hand genommen. Es wird an uns liegen, zu verhindern, daß es ihm fühlbar wird ...«
Fürbringer verstummte aufhorchend.
»Herein!« sagte er, unmißverständlich.
Nissa erschien auf der Schwelle.
»Ich habe dir einen Brief zu bringen, Memsahib«, murmelte er, vor Irene die Hände zur Stirn erhebend. Er übergab ihr das Schreiben und trat zur Tür zurück.
»Vom Fürsten?« fragte Fürbringer.
»Ja.«
Irene riß den Umschlag auf und faltete den großen Bogen auseinander ... Fürbringer sah ihr über die Schulter, während sie las.

»Meine sehr verehrte gnädige Frau!
Da Sie das Klima unseres Landes noch zu wenig gewöhnt sind, was ich vorhin leider nicht bedacht habe, möchte ich Ihnen und Ihrem Gatten den Vorschlag machen, die Autofahrt, die ich für heute nachmittag Ihnen anbot, lieber zu verschieben, bis der Wind von den Bergen kommt. Statt dessen würde ich mich sehr freuen, wenn Sie die Einladung zu einem kleinen Feste annehmen wollten, das ich heute abend zu geben gedenke. Ich glaube Ihnen eine Entschädigung für die Tage der Einsamkeit schuldig zu sein und würde gern zu gleicher Zeit die Gelegenheit ergreifen, Ihnen einiges von den vielbesprochenen Wundern Indiens vorzuführen, so gut oder schlecht, wie es die Gaukler der Straßen und Paläste verstehen. Ich bitte Sie um die Liebenswürdigkeit einer zustimmenden Antwort und verbleibe mit den verbindlichsten Empfehlungen auch an Ihren Gatten

Ihr ganz ergebener
Arada, Fürst von Eschnapur.«

Die beiden Gatten sahen sich an. Irene war blaß geworden. Fürbringers Lider zuckten.
»Er war im europäischen Reitanzug, als er diesen Brief verfaßte«, meinte er mit betonter Leichtigkeit. »Dagegen scheint er das Schreiben an mich seinerzeit in der Landestracht verfaßt zu haben. Er besitzt Stilgefühl, trotz des Gipshundes ...«
»Welches Gipshundes ...«
»Er hat einen Gipshund, Irene, der einem die Tränen aus den Augen treiben kann ... Was wirst du ihm schreiben?«
»Eine Zusage?«
»Selbstverständlich ...«
»Unter der Bedingung, daß ich Miriam als meine kleine Dienerin mitnehmen darf.«
Fürbringer zog die Brauen hoch.
»Das wäre eine Art von Kriegserklärung, Irene ...«
»Ich lasse das Kind nicht mehr von meiner Seite«, sagte die Frau

fast leidenschaftlich. »Ich will nicht noch einmal aus ihren Augen heraus die stumme Todesangst schreien hören.«
»Es ist gut, geliebte Frau ...«
Irene ging ins Arbeitszimmer und schrieb im Stehen. Sie brachte den Brief ihrem Manne. Fürbringer las:

»Eurer Hoheit
danke ich zugleich im Namen meines Mannes auf das verbindlichste für die liebenswürdige Einladung, der wir mit besonderem Vergnügen Folge leisten werden. Würden Eure Hoheit die Freundlichkeit haben, mir zu gestatten, daß die kleine Miriam zu meiner persönlichen Bedienung auch heute abend in Gegenwart Eurer Hoheit bei mir bleibt? Für die Erfüllung dieser Bitte wäre ich Eurer Hoheit zu herzlichstem Dank verpflichtet. Um Eurer Hoheit die Mühe einer Erwiderung zu ersparen, würde ich keine Antwort als eine Zustimmung auffassen. Mit verbindlichen Empfehlungen auch von meinem Manne verbleibe ich

Eurer Hoheit ganz ergebene
Irene Fürbringer.«

»Der Brief ist gut«, sagte der Mann, das Schreiben in der Hand wiegend.
»Aber? ... Es ist ein Aber dabei ...«
»Ja ... Ich möchte, geliebte Frau, daß wir Miriam die Entscheidung überlassen, ob sie mit uns gehen oder lieber in unsern Zimmern zurückbleiben will. Wir wissen, daß sie sich ängstigt, aber wir wissen nicht, wovor, und treiben sie vielleicht, indem wir sie trösten und beruhigen wollen, einem unbekannten Schrecken tiefer in die Arme. Sie hat ein ernstes und zum Gehorsam entschlossenes Herz. Sie würde sich niemals weigern, dir zu folgen, wenn du sie an der Hand nähmest. Sie würde vielleicht sterben, aber sie würde gehorchen. Vor dieser todessüchtigen Ernsthaftigkeit der Unterwerfung müssen wir auf der Hut sein, denn das Kind ist uns beiden lieb, nicht wahr ...?«
»Schmerzlich lieb«, sagte Irene.
»Wollen wir sie fragen?«

»Frage sie!«

Miriam kauerte am Boden. Sie hatte ihre verstreuten Ketten, Spangen und Reifen zusammengesucht und hielt sie unbeweglich im Schoße, von ihren gekreuzten Armen bewacht. Ihre Augen hingen an den Gesichtern der beiden weißen Menschen, als wären sie mit Seilen daran festgespannt. Der Ausdruck ihres kleinen, braunen Gesichts war von großer Klarheit, die einer tiefen Befriedigung zu entstammen schien. Ihre Lippen lächelten nicht, aber vielleicht tat es ihre Seele.

»Meine kgeine Schwester«, sagte Michael Fürbringer, auf sie niederschauend, »du hast recht behalten, der Fürst gibt heute abend ein Fest ...«

»Ja«, sagte Miriam.

»Er hat auch uns dazu eingeladen, meine Frau und mich ... Und wir werden hingehen, weil wir fast müssen ... Aber unser Herz wäre nicht ruhig, wenn du es nicht wärest, kleine Miriam ... Wo willst du am liebsten bleiben – hier in diesen Zimmern, die du verschließen könntest, bis wir zurückkämen – oder bei uns – so dicht an der Seite meiner Frau, die sich um dich sorgt, daß du mit deiner Hand ihr Kleid berühren könntest?«

Miriam rührte sich nicht.

»Ein Weg ist lang und hat viele Schritte«, sagte sie eintönig. »Der andere ist kurz und hat wenige. Sie enden beide am gleichen Ziel.«

»Gib mir eine Antwort, meine kleine Schwester«, bat Irene, bei ihr niederkniend.

Miriam blickte sie an. Ihre etwas strengen Augen schienen zu fragen, ob die fremde Frau ein Recht habe, sie so zu nennen, wie der Mann sie nannte. Aber sie ergab sich sofort und hob, dem Befehl gehorsam, die Hände zur Stirn.

»Ich will an deiner Seite bleiben, Memsahib«, murmelte sie.

Fürbringer nahm seiner Frau den Brief aus der Hand und übergab ihn dem Diener.

In den Minuten, die dem Verschwinden des Dieners folgten, sprach keiner der drei Menschen, die in dem hellen Raum atmeten. Fürbringer ging im Zimmer auf und ab; Irene hatte ihren alten Platz am Fenster wieder eingenommen und zerrieb eine Limonenschale zwischen ihren unruhigen Fingern. Als Fürbringer sie anblickte, sah er den zu schnellen Schlag ihres Herzens an ihrem Halse.

Miriam kauerte mit gekreuzten Beinen in einer Ecke; sie saß mit ganz gerade aufgerichtetem Oberkörper, hatte die Augen halb geschlossen und die Hände so in den Schoß gelegt, daß die Fingerspitzen sich berührten und die Daumen nach vorn wiesen. In den leicht gehöhlten Handtellern lagen die schönsten ihrer Steine. Sie glich einer jungen Gottheit, die ein Geschenk empfangen hat und bereit ist, dafür zu danken. Es schien kein Leben in ihr zu sein.

Nach Verlauf von wenigen Minuten näherten sich abermals Schritte auf dem Gang vor der Tür. Fürbringer und seine Frau sahen sich an. Irene erblaßte.

»Er lehnt es ab«, flüsterte sie.

Fürbringer entgegnete nichts. Er blickte nach der Tür.

Nissa trat ein. Er hatte keinen Brief in der Hand. Er grüßte und sprach: »Mein Herr befahl mir, dir dies zu melden, Memsahib: Der Wille des Gastes ist Gesetz im Hause.«

»Sage deinem Herrn, ich ließe ihm danken!« erwiderte Irene, tief Atem holend.

Sie stand auf, ging auf Miriam zu und küßte sie zwischen den Augen.

»Schmücke dich, kleine Miriam!« sagte sie heiter. »Ich will, daß du schöner bist als alle Tänzerinnen, die vor dem Fürsten tanzen.«

Fürbringer strich seiner Frau übers Haar. Eine grundlose und von ihm selbst verneinte Ergriffenheit bemächtige sich seiner, als er dieses sanfte, starke Haar unter seinen Fingern fühlte.

Miriams Augen hingen mit einem schweren Blick an seinen Händen ...

Als der Abend kam, schmückte sie sich, denn sie war gehorsam. Sie schien schön zu sein, weil es ihr befohlen war. Als Nissa kam, Fürbringer und seine Frau nach den Gemächern des Fürsten zu geleiten, folgte ihnen Miriam, indem sie auf ihren Schatten trat. Wenn sie die Hand ausstreckte, konnte sie das Kleid der weißen Frau berühren, denn so war es der Wille ihres Herrn.

Der Fürst empfing seine Gäste in einer Halle, deren Säulen sich in Höhe und Weite ins Unendliche zu verlieren schienen. Eine verwirrende Fülle von Ampeln brannte. Die Buntheit ihrer Gläser ließ tausend schmale Bäche aller Farben aus der Höhe niederrinnen und sich auf dem Marmor des Bodens zitternd mischen. Duftwolken hingen in der bunten Luft.

Aus sieben schöngefaßten Springbrunnen stiegen die Strahlen des Wassers fein und hoch auf und zersprangen im Niederfallen zu Schleiern der Regenbogen. Genau im Mittelpunkt der Halle umgab ein Halbrund blühender Palmen eine hölzerne Erhöhung, die eine Art Bühne darstellen konnte. Davor standen drei schöngeschnitzte chinesische Sessel aus schwarzgebeiztem Kirschholz. Kissen, mit schwerem, etwas grellem Brokatstoff überzogen, bedeckten die Sitze und lagen auf dem Marmor zerstreut.

Der Fürst war in der Tracht des Landes; er trug den Turban und eine ungewöhnliche Menge Schmuck. In der Mitte des Gewebes über seiner Stirn prahlte ein einzelner Rubin mit dem Feuer seines Blutes.

»Seien Sie mir willkommen!« sagte der Fürst, Irene die Hand küssend und Fürbringers Rechte kräftig schüttelnd. »Ich freue mich, daß Sie meine Einladung angenommen haben. Ich hätte den Abend dieses Festes ungern allein verlebt.«

»Dürfen wir erfahren, Hoheit, welche Veranlassung Ihnen den heutigen Tag zum Feste macht?« fragte Fürbringer, während der Fürst Irene den Sessel zurechtrückte.

»Sorge für das Essen, Ramigani!« sagte der Radscha ins Leere hinein, sehr laut. Eine Heerschar lautloser, sich feierlich bewegender Diener tauchte unter den Palmen auf; fußhohe Tischchen, mit einer Fülle fremdgewürzter Speisen bedeckt, wurden herbeigetragen und vor den Sesseln aufgestellt. In goldenen, edelsteingeschmückten Pokalen klirrten die Eisstückchen, die im Fruchtwasser schwammen.

»Bitte, nehmen Sie Platz!« bat der Inder. Er setzte sich in die Mitte und rief Fürbringer mit einer verbindlichen Handbewegung an seine linke Seite.

Miriam duckte sich neben den Sessel der weißen Frau; sie schien wie ein Schatten im Dunkel des Marmors zu verschwinden.

Obgleich das Mahl auf herrlichen Gefäßen geboten wurde und der Duft der Speisen lieblich, wenn auch fremdartig war – obgleich die Becher im Schmuck ihrer Steine funkelten und die Gebärden der Diener, die sie darreichten, von seltener, auserlesener Anmut waren, lag über dieser Festtafel doch etwas vom Schatten einer versteckten Wildheit, die nur auf ihre Stunde zu warten schien, um hervorzubrechen und nackt dazustehen in der Nacktheit des Feuers.

Irene und Fürbringer aßen aus Höflichkeit. Der Fürst rührte die Speisen nicht an. Er trank nur von dem Wasser, dessen Kälte die Becher beschlug, wie einer trinkt, der im Fieber liegt. Seine Zähne machten das Eis knirschen.

Plötzlich, mit einem Ruck, wandte er sein Gesicht Fürbringer zu; das asiatische Lächeln entblößte seine Zähne, daß sie leuchteten.

»Sie fragten mich vorhin, warum dieser Tag für mich ein Festtag sei, Herr Fürbringer ...«

»Ich wollte durchaus nicht zudringlich sein, Hoheit«, entgegnete der Deutsche.

Der Fürst fuhr mit der Hand durch die Luft.

»Das versteht sich von selbst. Aber ich möchte, daß Sie auch innerlich an meinem Feste teilnähmen. Ich bin überzeugt, daß Sie sich lebhaft für die Sache interessieren werden ... Nun – ich habe heute eine Todesnachricht erhalten ...«

»Eine Todesnachricht?«

»Ja.«

»Eine ungewöhnliche Veranlassung zu einem Feste«, meinte Fürbringer, nach dem Becher greifend. Aber er setzte ihn nicht an die Lippen.

»War es die Nachricht vom Tode einer Frau?« fragte er.

»Nein. Vom Tode eines Mannes.«
Fürbringer setzte den Becher hin, ohne getrunken zu haben.
»Diese Mitteilung scheint Sie etwas anzugreifen«, meinte der Radscha, sich zurücklehnend.
Fürbringer erwiderte nichts. Er preßte die Zähne hart aufeinander.
»Gott im Himmel!« flüsterte Irene, fast unhörbar.
Der Radscha wandte ihr das Gesicht zu:
»Gnädige Frau?«
»Es ist grauenvoll, was Sie da sagen, Hoheit«, sprach Irene, seinem Blick standhaltend.
Der Radscha zog die Lippen hoch.
»Finden Sie das?« meinte er nachlässig.
»Ja. Ich finde es unerhört grauenvoll, den Tod eines Menschen zum Feste zu machen.«
»Es kommt auf den Menschen an«, entgegnete der Fürst. »Wenn er sein Menschentum wegwarf und zum Wolfe wurde – zum Schakal, der das Aas der eigenen Ehre frißt, so hat er das Los eines Schakals verdient, und den Aasfresser schlagen die freien Tiere.«
»Wir sind aber Menschen und keine Tiere ...«
»Wer sagt uns das?«
Irene schwieg.
»Er war mein Freund, und ich liebte ihn. Ich schlief, weil er wachte. Den Schlafenden hat er verraten. Ich habe den Boten, der mir die Nachricht von seinem Tode brachte, zum reichsten Manne seiner Kaste in ganz Eschnapur gemacht. Ich habe ein Bad genommen in seiner Kunde. Ich war unrein und bin wieder rein geworden. Wenn ich in dieser Nacht sterben müßte, wäre nichts Unvollendetes hinter mir. Darum habe ich ein Recht zum Festefeiern.«
»Und die Frau?« fragte Irene zugreifend.
»Seien Sie ohne Sorge, gnädige Frau ... Sie wird ihren Weg zu Ende gehen und das Ziel erreichen. Ich brauche sie nicht zu treiben. Sie setzt den Fuß auf vorgezeichnete Spuren.«
»Ich weiß nicht, was Sie damit meinen«, warf Fürbringer ein.

»Aber auf die Gefahr hin, Ihr Wohlwollen zu verscherzen, muß ich Ihnen sagen, Hoheit, daß Sie kein Recht haben, der Richter und Henker eines Menschen zu sein, der Ihnen preisgegeben ist. Selbst dem Mörder wird Verteidigung bewilligt. Und ich mache Eure Hoheit darauf aufmerksam, daß ich mehr als jemals fest entschlossen bin, wenn es nottut, zum Verteidiger der Frau zu werden, die hilfloser und einsamer als ein Blatt im Winde ist – falls ihre arme Seele nicht doch zuletzt in Ihrer eigenen Ritterlichkeit den Fürsprecher findet.«

»Sie sprechen gut«, sagte der Fürst, der dem Deutschen aufmerksam zugehört hatte. »Es ist ein Genuß, Ihren Worten zu folgen. Gestatten Sie mir nun aber auch eine Frage: Würden Sie ebenso empfinden und handeln, wie Sie es von mir verlangen, wenn es sich um Ihre eigene Frau handelte?«

Irene machte eine Bewegung, die der Fürst schon im Entstehen unterbrach.

»Bitte, verzeihen Sie –!« sagte er. »Ich will Sie durchaus nicht beleidigen! Wir sprechen rein sachlich. Ich will wissen, ob ein Verräter und eine treulose Frau in den Herzen zweier Menschen, wie Sie es sind, Zuflucht finden ...«

»Nein«, sagte Fürbringer.

»Nein«, sagte Irene im selben Atemzug.

»Vielen Dank!« entgegnete der Fürst. »Das genügt mir. Mehr wollte ich nicht wissen.«

»Das ändert nichts an dem sittlichen Empfinden, das für den Europäer ausschlaggebend ist: Der Beleidigte darf nicht der Richter sein!« stellte Fürbringer fest.

Der Radscha lächelte.

»Ich bin kein Europäer«, meinte er verbindlich. »Erlauben Sie mir in diesem besonderen Falle zu sagen: Glücklicherweise. In Europa werden Gesetze beleidigt, und die Richter schaffen dem Gesetz Genugtuung. In Asien gibt es mehr Menschen als Gesetze; das ist ein Unterschied. Wenn Buchstaben satt werden, das stillt mir nicht den Hunger. Und in mir war der Hunger des Tigers. Er ist satt geworden.«

»Wenn das wahr ist, Hoheit, dann werden Sie die Frau verschonen«, sprach Irene sanft. »Kein edles Tier reißt mehr an Opfern, als es zur Sättigung braucht.«
»Ich gebe Ihnen mein Wort, gnädige Frau, daß ich nichts tun werde, was einer Bedrohung gleichkäme ... Es ist nicht nötig. Es genügt, daß ich auch nichts vom Gegenteil tue ...«
»Das verstehe ich nicht ...«
»Haben Sie niemals davon gehört, daß Menschen aus Furcht vor dem Tode in den Tod gehen?« fragte der Fürst.
Irene wollte etwas erwidern, aber die Stimme versagte ihr. Sie beugte sich vor und suchte die Augen ihres Mannes.
»Ich weiß«, fuhr der Radscha fort, »daß es gewisse Menschen gibt, die sich bestechen ließen, der Frau zur Flucht behilflich sein zu wollen. Man hat sie in fremden Kleidern auf dem Dache des Palastes stehen sehen. Eine Närrin war bereit, sich ihr zu opfern. Das Unternehmen ist töricht und trägt seine Strafe in sich. Es gibt kein Mittel gegen die erste Treulosigkeit, aber genug gegen die zweite. Ich werde sie gebrauchen.«
»Ich hoffe, Eure Hoheit werden das nicht nötig haben«, sagte Irene.
Der Radscha zuckte die Achseln.
»Wer weiß das? Aber lassen wir dies Gespräch! Es hat Sie trübe gestimmt, und wir wollten ein Fest feiern. Ich hatte Ihnen einige Stichproben aus dem Schatz der indischen Gaukeleien versprochen ... Wenn es Ihnen recht ist, gnädige Frau, dann will ich das Zeichen zum Beginn der Vorstellung geben.«
»Ich bitte darum ...«
Der Radscha klatschte in die Hände.
Im selben Augenblick begann eine seltsame, wilde und haltlose Musik, die nicht laut war, aber von der unabweisbaren Aufdringlichkeit zirpender Zikaden.
Aus dem Hintergrund der Palmen tauchte ein Mann auf, der, nackt bis auf das Tuch um die Hüften, einen völlig fleischlosen Körper dem bunten Licht der Ampeln bot.
»Ich vermute, der Kerl wird uns mit demselben Schwindel lang-

weilen, mit dem seine exportierten Artgenossen in Europa den Leuten das Geld aus der Tasche ziehen, die dafür den Unfug von der Übersinnlichkeit Ostindiens in Reinkultur züchten. Er wird uns beweisen, daß er Nägel und Glasscherben fressen kann, was zwar ein Beleg für die Vortrefflichkeit seiner Gurgel ist, im übrigen aber für andere Leute ziemlich zwecklos sein dürfte. Oder er wird Flammen speien oder eine unbegreifliche Menge Papier aus seinem Munde zutage befördern – im Grunde genommen höchst kindliche Dinge, die ein beredtes Zeugnis dafür sind, daß die Menschheit noch tief in den Windeln steckt. Ich hoffe aber, Ramigani wird sich als Festordner bewähren und wenigstens dies oder jenes in Bereitschaft haben, was auch verwöhnten Ansprüchen genügen kann.«

Irene gab keine Antwort. Sie hatte die rechte Hand um den Hals der kleinen Miriam gelegt, die so dicht an ihrem Sessel kauerte, daß sie der Schatten ihres Kleides zu sein schien.

Der Mann auf der Bühne begann seine Vorführung mit einer Feierlichkeit, als sei er Priester und übe einen inhaltschweren Gottesdienst. Der Radscha hatte ihn richtig eingeschätzt. Was er zeigte, war nichts als eine Verneinung der Naturgesetze, daß ein Menschenkörper blutet, wenn geschliffener Stahl auf die nackte Haut einschlägt, und daß sie verdorrt in der Flamme. Er lief im Kreise und ließ die langwehenden Flammen von Fackeln gegen seinen Körper lecken und fühlte nichts. Er tanzte mit seinen Fackeln, während die Lichter im Saale erloschen, wie ein Rasender, daß sein Schatten, zum hundertgliedrigen Ungeheuer aufwachsend, gleich einem Dämon mit zehn Köpfen um die Säulen geisterte.

»Es sieht doch hübsch aus – finden Sie nicht?« fragte der Fürst, sich an Irene wendend, im Tone eines Knaben. »Er versteht sein Handwerk. Nur daß sein Schatten besser tanzt als er. Aber das Schicksal teilt er mit vielen Menschen. Wir wollen es ihm nicht zur Last legen.«

»Vielleicht werden Sie mich auslachen, Hoheit«, sagte Irene mit einem schüchternen und herzlichen Lächeln, »aber die Gaukler haben bei mir ein leichtes Spiel. Ich sitze behaglich da und schaue ihnen zu und glaube ihnen alles, was sie wollen, ohne den geringsten Wunsch nach Aufklärung. Ich bin in einem Märchen und habe die Vernunft beurlaubt. Ich weiß, daß ich nur eine Tür aufzumachen brauche, um den Geheimnissen der ganzen Zauberei auf die Spur zu kommen, aber ich will die Tür gar nicht aufmachen. Was ich dahinter finde, ist sicherlich nicht halb so hübsch, als ich dahinter vermute ...«

»Es freut mich, wenn der Schlingel Ihnen Spaß macht«, antwortete der Fürst. »Aber ich hoffe, Ramigani wird seine Wirkungen steigern. Haben Sie gute Nerven?«

»Ich glaube«, sagte Irene. »Sie sind noch nicht sehr auf die Probe gestellt worden.«

»Sie sind zuweilen etwas angreifend, die Zauberkunststückchen unserer Gaukler. Aber sie haben den Vorzug der Eigenartigkeit ... Da haben wir Nummer zwei! Den Alten kenne ich. Er läßt sich nichts befehlen noch abschmeicheln. Man muß ihn als einen hohen Herrn behandeln, der bei guter Laune erhalten sein will. Aber dann ist er unübertrefflich!«

»Ich bin jedenfalls sehr gespannt«, antwortete Irene. Sie beugte sich vor, um ihrem Mann ins Gesicht sehen zu können. Sie lehnte sich langsam wieder zurück und legte die Hände im Schoß flach gegeneinander.

Sie kannte das Spiel der Muskeln im Gesicht ihres Mannes sehr genau.

Ihre ernst gewordenen Augen blickten auf die dürren, beinahe schwarzen Hände des alten Gauklers.

Er hatte sich niedergekauert mit einer Miene, als sei er allein auf der Welt. Er stellte einen rotbraunen Blumentopf zwischen seine Füße und füllte ihn unter beständigem Murmeln mit schwarzer Erde, die aus seinen Fingerspitzen hervorzukommen schien. Er griff in die Luft und holte aus ihr einen weißen Kern hervor, den er in die Erde steckte. Dann rückte er von dem Blumentopf weg, legte die Hände auf seine Schenkel und versank in Erstarrung.

Das Gemurmel seiner Lippen steigerte sich mit jedem seiner lang-

samen und sehr seltenen Atemzüge. Er hatte die Augen geschlossen; die Züge seines Gesichts fielen ein wie bei einem Totenschädel.
Sekunden vergingen und schienen Minuten zu sein.
Die Hände des Alten lagen still auf seinen Schenkeln. Sein Oberkörper begann hin und her zu schwanken, sein Kopf geriet in eine gleichsam rollende Bewegung; sein Murmeln steigerte sich zum Geheul.
Plötzlich brach er ab, saß regungslos; nur die Lider seiner Augen schienen sich vorzuwölben wie bei einem Krokodil.
»Sieh doch!« rief Irene, die Hand ausstreckend, und legte sie sofort auf ihren eigenen Mund, als wollte sie die Worte noch in der Luft erhaschen.
Aus dem Erdreich des Blumentopfes wuchs eine Pflanze auf, ein winziges Stämmchen – Zweige lösten sich vom Stamm und breiteten sich aus; die Zweige bekamen Knospen. Das Wachstum des kleinen Baumes geschah mit einer traumhaften, unbeirrten Stetigkeit. Als er die Höhe von zwei Spannen erreicht hatte, rollten sich die Blätter aus den Hüllen, entfalteten ein kräftiges und glänzendes Grün.
Wieder begann der Körper des Alten sich in den Hüften zu wiegen, sein Kopf zu rollen, sein Murmeln sich zur Raserei zu steigern. Seine Hände lösten sich von den Schenkeln, fuhren hoch in die Luft, hingen gekrümmt, wie die nackten schwärzlichen Krallen von Raubtierfängen, starr in der Luft über dem Gewächs des Zaubers.
Am Ende eines jeden Zweiges, zwischen zwei Blättern, erschien eine neue Knospe, die sich langsam öffnete zu einem schneeweißen Kelch.
Eine Wolke von Duft strömte von ihr aus.
»Orangenblüte«, flüsterte Irene.
Die Blütenblätter fielen ab, tropften zu Boden wie schwere Flokken.
Aus dem zerstörten Kelch drängte sich die Frucht hervor, wuchs, rundete sich zum grünen Ball; unter seiner zunehmenden Fülle

senkten sich die Zweige. Das starke Grün färbte sich und wurde leuchtend gelb. Zuletzt hing eine goldene Kugel am Ende eines jeden Zweiges.
Die rechte Hand des Gauklers fuhr herab und brach die schönste der Früchte. Er hielt sie zwischen zwei Fingern hoch empor, bückte sich und warf sie Irene in den Schoß.
Irene nahm die Frucht, ihre köstliche Frische mit Entzücken einatmend.
Als sie aufblickte, saß der Alte regungslos, die Hände auf den Schenkeln, an seinem Platz. Vor ihm stand der Blumentopf. Er war leer.
Irene wollte die Frucht ihrem Manne reichen; sie war verschwunden.
Der Radscha lachte.
»Da haben Sie Indien!« sagte er mit einer gewissen Gutmütigkeit. »Seine schönsten Früchte lösen sich in Luft auf, wenn sie einem in den Schoß gefallen sind. Der alte Bursche scheint heute guter Laune zu sein. Nehmen Sie Ihre Nerven in die Hand, meine Herrschaften! Er wird versuchen, Sie das Gruseln zu lehren!«
Hinter dem Rücken des Alten war ein Knabe aufgetaucht, schmalhüftig und behend, mit einem verschmitzten Lächeln in den Augenwinkeln.
Der Alte erhob sich und griff eine Bambusstange auf, die am Boden gelegen hatte. Er stellte sie in der Mitte der Bühne hoch, so daß sich ihr Ende oberhalb der Ampeln in der Dunkelheit verlor.
Der Gaukler stieß einen Ruf aus, der an den Schrei des Tauchvogels erinnerte. Er ließ die Stange los, die frei schwebend stehenblieb.
Mit der Geschwindigkeit eines jungen Affen kletterte der Knabe an dem Bambus empor, der sich unter seinen Sohlen leise wiegend bog. Als er das Gebiet der Ampeln überwunden hatte, war er plötzlich unsichtbar geworden.
Diesen Augenblick schien der Gaukler erwartet zu haben. Er

starrte in die Höhe, murmelte etwas, verzerrte das Gesicht, warf sein Gewand ab und begann dem Verschwundenen nachzuklettern.
»Wo hat er das Messer her?« flüsterte Irene, sich vorbeugend. »Er hat ein Messer zwischen den Zähnen!«
»Die Kerle scheinen Taschen in der Haut zu haben«, antwortete der Fürst. »Wenn es möglich wäre, würden sie ein Arsenal von Werkzeugen in der Luft anlegen ...«
Er verstummte, Irenes Hand griff ins Leere.
Hoch über ihnen in der Dunkelheit der Kuppel erscholl ein wütendes Geschrei, durchgellt von Hilferufen wahnsinniger Angst. Es war, als jagten zwei Dämonen in Flucht und Verfolgung sich durch die Bogen der gewölbten Decke und rund um die Säulen. Das Geschrei schwoll auf und ab, entfernte sich und kam wieder näher und gipfelte zuletzt, hoch über den Köpfen der Sitzenden, in einem markerschütternden Kreischen der Todesangst, das erstickt wurde von dem heulenden Frohlocken des siegreichen Verfolgers ...
Darauf war es eine Weile still. Die Zuschauer rührten sich nicht. Die Ampeln brannten ruhig in ihrer dummen Buntheit. Das Bambusrohr stand sinnlos aufgereckt, frei und gespenstisch ins Dunkle ragend. Eine Ampel, die über der Bühne hing, malte am Fuße des Bambusrohres einen leise schwankenden Lichtfleck auf das Holz.
In diesen Lichtfleck mitten hinein fiel aus der Höhe ein Arm, ein blutiger Stumpf mit einer im Todeskampf verkrallten Faust. Ihm folgte ein Bein; die nasse Schnittfläche leuchtete. Der zweite Arm fiel auf den ersten, fast gleichzeitig kam auch das andere Bein des Knaben. Dann der Rumpf. Zuletzt der Kopf des Knaben. Er kam auf den Hals zu stehen und wies den Schauenden einen aufgerissenen Mund mit blutunterlaufenen, gebrochenen Augen.
»Er macht es wirklich ausgezeichnet!« sagte der Radscha sehr befriedigt.
Irene sagte nichts. Sie zitterte am ganzen Leibe. Miriam war neben ihr vornüber gefallen und erstickte das Wimmern ihres Entsetzens zwischen ihren Fäusten.

Mit einem unaussprechlich wilden Lächeln blickte der Fürst auf das Mädchen hinab.
»Gestatten Sie, gnädige Frau?« fragte er, nach einer Zigarette greifend. Irene sah ihn verstört an. Sie gab keine Antwort.
Fürbringer, dem der Fürst die Zigarettenschale anbot, lehnte dankend ab. Für einen Augenblick kreuzten sich die Blicke der beiden Männer.
»Sie rauchen nicht? ... Da muß ich auf der Hut sein«, meinte der Fürst lächelnd.
»Ich hoffe, Eure Hoheit haben das nicht nötig«, sagte Fürbringer sehr ernst.
»Man hat es immer nötig«, war die Antwort des Fürsten.
Ihr Gespräch wurde unterbrochen.
An der Bambusstange turnte der Alte herunter. Er trug einen großen, flachen Weidenkorb unterm Arm, bückte sich und sammelte den zerstückelten Körper in das Geflecht. Er schob den Deckel darüber und rüttelte den Korb, als wollte er Getreide sieben. Dabei plärrte er unaufhörlich ein und dasselbe Wort in lang gezogenem Singsang vor sich hin. Endlich kam ein zufriedenes Glucksen aus seiner Kehle. Er setzte den Korb nieder, hob den Deckel ab und ließ den Knaben äußerst lebendig, verschmitzt und munter herausspringen.
Er zeigte das Innere des Korbes; es war leer wie ein ausgetrunkenes Ei.
Unter dem johlenden Beifallsquieken der unsichtbaren Instrumente verschwanden die beiden, ihr Werkzeug mit sich nehmend.
»Ich wußte im voraus, daß die Geschichte Ihnen etwas aufs Gemüt schlagen würde«, sagte der Radscha liebenswürdig bedauernd. »Aber derartige Scherze gehören zum eisernen Bestand einer indischen Unterhaltung. Zu etwas weniger Angreifendem –! Ramigani! – Die Tänzerinnen!«
Die Musik in den Palmen brach plötzlich ab. Die grünlebendigen Vorhänge teilten sich und ließen drei Mädchen vortreten, zarte und junge Geschöpfe, nackt bis auf den dünnen Rock, der ihnen

von den Hüften zu den spangengeschmückten Knöcheln fiel, flimmerndes Geschmeide über den kleinen, hochstehenden Brüsten.
Ihnen folgte ein Mann mit einem Deckelkorb und einer kleinen Flöte.
Er hockte sich ein wenig abseits in den Schatten, den Zuschauern den Rücken zuwendend, hob den Deckel vom Korb und setzte die Flöte an den Mund.
Beim ersten Ton des klagenden Instrumentes fiel von oben her aus unerforschlicher Quelle ein grellweißes Licht auf die Tänzerinnen, daß sie mit ihrer bronzenen Haut im Gefunkel der Steine wie edle Statuen standen.
Sie regten sich nicht; sie hielten sich unbeweglich. Die Flöte klagte und schrie. Es war nicht Melodie noch Rhythmus in ihren Tönen. Es war, als suchte ein lebendiges Wesen nach dem zu ihm gehörigen Ton, ohne ihn zu finden.
Auf einmal stand gegen das grelle Licht, das die Tänzerinnen badete, ein kleiner, fremdartiger Schatten.
Aus dem offenen Korb war eine Schlange geglitten und richtete sich vor den Mädchen auf. Unter ihrem flachen, breiten Kopfdreieck blähte sich die Haut des Halses wie ein Schirm.
Die Töne der Flöte gerieten in Taumel. Sie jagten sich selbst und überstürzten einander.
Der Kopf der Kobra zuckte hin und her. Sie wiegte sich, auf ihrem Leibe sitzend. Und wie sie, begannen auch die Körper der Mädchen sich zu regen. Wellen durchliefen sie von den Schultern bis zu den Knien. Das Gewebe um ihre Hüften fing zu schwingen an. Strahlenbündel sprühten aus dem Geschmeide ihrer Brüste. Ihre Arme wandten sich wie Nattern. Sie schlossen die Finger, auf denen smaragdgrüne Steine funkelten, daß ihre Hände selbst wie Schlangenköpfe erschienen.
Vor ihnen tanzte die Schlange ...
Die Flöte schrie.
»Selbstverständlich ist es ein Unfug, zu glauben, daß die Schlange sich von der Musik beeinflussen lasse«, bemerkte der Radscha, den Rauch der Zigarette durch die Nüstern blasend. »Die Schlange ist

genauso unmusikalisch wie ein Stuhl. Das Geräusch, das Licht und die Bewegungen der Tänzerinnen regen sie auf. Das ist alles. Unsere Schlangenbändiger sind allesamt große Schwindler. Sie machen Ihnen weis, daß die Kobra im Vollbesitz ihrer Giftzähne sei. Aber mit Ausnahme der wenigen, die sich aus Stumpfsinn der Gefahr des Bisses aussetzen, weil sie die Anmaßung besitzen, die Gottheit für ihr eigenes Narrentum verantwortlich zu machen, wird kein Schlangenbeschwörer mit einer Kobra arbeiten, der das Tier nicht vorher veranlaßt hat, in ein Tuch zu beißen. Dann sind sie für einige Zeit außer Gefecht gesetzt und unschädlich wie Ringelnattern.«

»Trotzdem weiß ich nicht, ob ich nicht einen guten Stockhieb der fragwürdigen Probe aufs Exempel vorziehen würde«, sagte Fürbringer etwas abweisend.

»Davor lassen Sie sich warnen«, entgegnete der Fürst. »Seit die Kobra, wie die Sage behauptet, mit dem Schirm ihres Halses das Haupt des sinnenden Buddha vor der Sonne schützte, ist sie dem Hindu heilig, obwohl er von Buddha selbst fast nichts mehr weiß ... Die Tänzerinnen taugen nichts. Sie sind träge wie junge Kühe. Lassen Sie Miriam tanzen! Sie ist biegsam wie ein junger Baumschößling und hat in ihren Gliedern das lebendige Echo der Flöte.«

»Nein –!« rief Irene, fast zu laut.

»Wir sind mit den Leistungen der Tänzerinnen durchaus zufrieden, Hoheit«, fügte Fürbringer hinzu.

Der Radscha lächelte.

»Weil Sie Besseres nicht kennen«, meinte er. »Ich will aber, daß Sie Indien selbst tanzen sehen. Tanze, Miriam!«

Miriam stand auf. Sie hob die Hände zur Stirn. Ihr Gesicht war grau wie Asche.

»Ich bitte Eure Hoheit, Miriam den Tanz zu erlassen«, stammelte Irene, das Mädchen in ihre Arme nehmend.

Miriam stand aufrecht in ihren Armen, als wäre sie von Holz.

»Warum?« fragte der Radscha erstaunt. »Die Schlange ist absolut ungefährlich. Darf ich Sie davon überzeugen?«

Er erhob sich, trat an die Bühne heran und streckte die Hand nach der Kobra aus. Schnell wie ein Gedanke fuhr das Tier heraus und schlug mit dem Kopf nach seinem Handgelenk.

»Sehen Sie!« sagte der Inder. Auf seiner mattbraunen Hand standen zwei winzige Blutstropfen. »Sie ist etwas aufgeregt«, fügte er gleichmütig hinzu. »Das hat nichts zu sagen. Ihr Biß würde keinen Vogel töten. Genügt Ihnen die Probe?«

Irene erwiderte nichts.

Sie ließ Miriam los.

»Fange die Kobra ein!« rief der Fürst. »Sie will entwischen.«

Der Schlangenbeschwörer gehorchte. Er ließ das Tier in den Korb schlüpfen und schloß den Deckel darüber. Das weiße Licht erlosch. Die Bühne lag in der Buntheit der Ampeln wie in farbigem Wasser.

»Vorwärts, Miriam«, sagte der Radscha.

Miriam gehorchte. Sie stieg auf die Bühne hinauf und stellte sich in die Mitte. Das weiße Licht entzündete sich über ihrem Kopfe. Sie stand mit weit offenen Augen und hängenden Armen. Über ihrer Stirn, halb in der Schwärze des Haares vergraben, leuchtete ein großer, grüner Stein.

Die Flöte begann ihr zerfetztes Lied. Der Deckel des Korbes hob sich. Die Schlange glitt daraus hervor. Sie richtete sich vor dem Mädchen auf. Die Haut ihres Halses blähte sich.

Und die Schlange und das Mädchen begannen zu tanzen.

Miriams Augen hingen an dem Manne, den ihre kleine Seele liebte. Sie tanzte, als tanze sie im Traum. Ihre Lippen standen weit offen. In den Adern ihres Halses schlug das Herz.

Fürbringer stand auf.

»Komm herunter, Miriam!« rief er außer sich.

Im selben Augenblick schlug die Schlange nach dem Fuße des Mädchens – und zog sich sofort zurück, noch immer hochaufgerichtet hin und her zuckend, mit geblähtem Halse.

Miriam stand bewegungslos. Nur ihre Lider zitterten. Der Jammer der Flöte kreischte fort. Miriams Lippen regten sich. Sie streckte die Arme aus.

»Sahib ... !« rief sie.
Und fiel vornüber ...
Irene schrie laut auf.
Fürbringer tat einen Sprung und stand auf der Bühne. Wie ein Schatten glitt der Flötenspieler an ihm vorbei, die Kobra einzufangen.
Fürbringer kam ihm zuvor. Er bückte sich, packte einen der niedrigen Tische, riß ihn zu sich hinauf und schmetterte ihn mit voller Wut auf den Leib der Schlange.
Hinter ihm schrie Irenes Stimme: »Nimm dich in acht! Die andere! ... Die andere Schlange ... !«
Fürbringer achtete nicht darauf. Er riß Miriam in seine Arme und rief sie bei Namen. Aber sie hörte ihn nicht mehr.
Irene stand neben ihm. »Einen Arzt!« rief sie. »So holt doch einen Arzt!«
Fürbringer fühlte den Krampf des Sterbens, der Miriams Glieder folterte. Er knirschte vor Wut mit den Zähnen. Er wandte den Kopf nach rechts und links in verzweifeltem Zorn. Er sah dem Schlangenbeschwörer ins Gesicht und erkannte Ramigani.
Ein roter Nebel wogte vor seinen Augen auf und ab. Er suchte mit dem Blick den Fürsten.
Der Fürst lächelte.
»Du Hund ... !« schrie er ihm in die Augen hinein.
Er ließ den entseelten Körper Miriams zu Boden gleiten und wollte auf den Inder eindringen.
Irene warf sich ihm in den Weg.
»Fort ... !« rief sie, den Mann an beiden Armen rüttelnd. »Um Gottes Barmherzigkeit willen – laß uns fortgehen! Siehst du nicht, daß der Tod über uns ist?«
Fürbringer warf einen Blick rundum. Der Fürst war verschwunden. Sie waren allein im Saal. Er packte die Hand seiner Frau und riß sie mit sich.
Hinter ihnen erloschen die Lichter.
Sie rannten im Dunkeln ...

X

»Den Weg ...! Weißt du den Weg?«
»Welchen Weg ...?«
»Nach unseren Zimmern!«
»Ich will nicht nach unseren Zimmern! Wir betreten sie nicht mehr. Ich lasse dich nicht eine Sekunde mehr, als unumgänglich nötig ist, in diesem verfluchten Hause, wo der Tod umgeht! Laufe, was du laufen kannst. Bleibe mir auf den Fersen! Wir müssen einen Ausgang nach dem See gewinnen. Der Palast hat hundert Ausgänge. Es gilt nur ein Boot zu finden – dann hinein und fort!«
Sie liefen, nicht mehr sprechend, nebeneinander her. Eines hörte den Atem des anderen keuchen. Säulen, Treppen, Hallen flogen an ihnen vorbei, von einem ungewissen Licht, das dem Monde glich, von oben her gestreift.
»Falle nicht ...!« schrie der Mann, die Frau am Arm zurückreißend. Es ging eine Treppe hinab. Die Stufen waren naß und glatt und leuchteten, wie mit Phosphor bestrichen.
»Da können wir nicht weiter! Die Treppe führt in einen Kanal!«
Fürbringer wandte sich um und sprang die Stufen wieder hinauf.
»Irene ...! Irene, wo bist du ...?!«
Die Stimme seiner Frau antwortete ihm aus der Dunkelheit.
»Ich sehe dich nicht mehr ...!«
Fürbringer streckte die Hand aus, erfaßte die Frau, zog sie mit sich.
»Bleibe neben mir – hörst du? Geh mir nicht von der Seite! Vielleicht versuchen sie, dich von mir wegzulocken – rufen dich bei Namen mit meiner Stimme. Höre nicht darauf! Bleibe bei mir!«
»Ja ... Ja ...«
Sie liefen.
Irenens Stimme flüsterte im Keuchen: »Hörst du? ... Hörst du nichts?«

»Was ...?«
»Es läuft jemand hinter uns her ...!«
»Du täuschst dich ...«
»Nein, nein ... Es läuft jemand auf unserer Spur! Es ist ein Mann, der rennt ... Er rennt auf nackten Füßen ... er holt uns ein ...«
Fürbringer blieb stehen, drückte die Frau an die Mauer, stellte sich vor, bückte sich, horchte, seinen eigenen Atem hinunterwürgend.
Aus der Dunkelheit des Ganges hinter ihnen kam ein Mensch gelaufen. Er rannte mit allen Kräften. Ein Lichtschein fiel auf sein Gesicht – auf das Gesicht Ramiganis.
Fürbringer tat einen Sprung ihm entgegen. Er hob die Hände, den Inder bei der Gurgel zu packen. Ramigani wich ihm aus.
»Warum stehst du hier?« schrie er. »Warum läufst du nicht?«
Er sah Irene stehen, fuhr mit beiden Händen durch die Luft.
»Ich warnte dich!« rief er fast kreischend.
»Bleib stehen, Ramigani!«
Fürbringer packte den Inder im Genick. Er zerrte ihn in einen Lichtschein hinein, der durch ein unsichtbares Fenster fiel.
»Ich will dir ins Gesicht sehen ... Ein Verräter bist du, so oder so ... Ich will wissen, wen du verrätst ...!« Der Inder verzerrte das Gesicht in einem lautlosen Gelächter.
»Mich, Sahib ...! Mich!« rief er, sich mit beiden Händen in die Brust krallend. »Verflucht wird mein Name sein! Aber auch er –! Er hat Blut an den Fingern! Er hat mich gezwungen, meine Seele zu vernichten! Er wußte, daß die zweite Kobra ihr Gift noch besaß ... Du suchst den Weg zum Wasser ...? Ich will ihn dir zeigen!«
»Wenn du lügst, Ramigani – du kommst mit dem Leben nicht davon!«
»Ich lüge nicht! Vorwärts, Sahib! Vorwärts!«
Ramigani lief voran; Irene und Fürbringer folgten ihm.
»Traust du dem Menschen?« fragte Irene mit einem Schauder.
»Sein Haß ist ehrlich ...«
Die Sekunden stürzten sich in die Dunkelheit hinab und türmten sich zu Bergen auf ihrem Wege.

»Wir haben zuviel Zeit verloren!« klagte die Frau. »Sie werden uns den Ausgang verlegen.«
»Sie sind auf falscher Fährte«, antwortete Ramigani, ohne sich umzuschauen. »Ich habe Nissa nach Süden geschickt. Noch traut mir der Fürst ...«
»Wenn er den See erreicht und merkt, daß du ihn getäuscht hast ...?«
»Die Boote treiben im See ... alle ... bis auf eines ...«
»Wie lange brauchen wir noch bis zum Tor?«
Ramigani war stehengeblieben.
»Ich habe den Riegel in der Hand ...«
»Ich werde dir helfen.«
Die beiden Männer vereinten ihre Kräfte. Langsam, widerwillig öffneten sich die ungeheuren Flügel aus Erz.
Draußen lag der See. Sein glanzloses Wasser war unbeweglich. Am Fuß der fünf Stufen, die zum Spiegel hinunterführten, wartete das Boot. Die Ruder waren eingezogen. Niemand saß darin.
Fürbringer lief die Stufen hinunter, sprang in das Boot, streckte der Frau die Hand entgegen.
»Worauf wartest du, Irene ...! Komm ...!«
»Wir sind nicht allein ...!« rief die Frau. Sie deutete mit beiden Armen in die Dunkelheit vor dem Palaste.
Schatten sprangen auf und verschwanden in völliger Nacht.
Ein langgezogener, greller Pfiff schrillte aus der Höhe.
Über Ramiganis Lippen kam ein wütendes Stöhnen. Er sprang die Treppe zum Boot hinab, stieß die Frau vor sich her, daß sie taumelte. Fürbringer fing sie auf. Der Inder bückte sich, riß an der Kette. Die Adern schwollen ihm auf der Stirn.
»Hilf mir, Sahib!« knirschte er.
Fürbringer drückte Irene auf eine Bank nieder und löste die Kette mit einem gewaltsamen Ruck. Ramigani sprang ins Boot. Es trieb vom Ufer ab. Die Männer griffen nach den Rudern.
Ramigani brach in ein Gelächter aus.
Es war ihm noch auf den Lippen und erstickte gurgelnd. Hinter

ihnen brach ein Vulkan schneeweißen Lichtes aus unbekannten Tiefen, daß der Palast auf der Insel in eisigen Flammen zu stehen schien.

Auf der obersten Stufe der Treppe stand der Radscha. Er stand etwas vorgebeugt, den Kopf in den Nacken gebogen. Er hob den rechten Arm und rief, nicht laut, mit einer Stimme, die blaugeschliffenem Stahle glich:

»Hierher, Ramigani . . . !«

Ramigani zog den Kopf in die Schultern. Er starrte den Fürsten an. Er hielt die Ruder unbeweglich in der Luft.

»Vorwärts, Hindu!« sagte Fürbringer ingrimmig.

Er brauchte die Ruder mit aller angespannten Kraft.

»Hierher, Ramigani –!« rief der Fürst zum zweiten Male.

Ramigani ließ die Ruder fallen. Er krampfte die Hände in sein Gewand, hob das Kinn und heulte mit verdrehten Augen, in denen das Weiße gespenstisch leuchtete, in langgezogenen Tönen wie ein Wolf in der Falle.

»Er ist wahnsinnig geworden!« schrie Irene.

Fürbringer brüllte ihn an.

»Nimm die Ruder auf, Kerl –! Bist du eine Kröte oder ein Mann . . .«

Ramigani hörte nicht. Er heulte.

»Hierher, Ramigani . . . !« rief der Fürst zum dritten Male.

Ramigani stand auf. Das Boot schwankte unter der Bewegung. Es war kiellos gebaut und begann sich zu drehen.

Fürbringer erwürgte einen Fluch zwischen den zusammengepreßten Zähnen. Er ruderte, daß ihm der Schweiß in den Nacken tropfte.

Der Radscha hatte es nicht nötig, zum vierten Male zu rufen.

Ramigani hielt die glühenden Augen stier auf seinen Herrn gerichtet, verstummte und warf die Arme in die Luft. So stand er mehrere Augenblicke unbeweglich, fiel vornüber und verschwand im Wasser. Irene schrie auf.

»Michael . . . ! Michael, rette ihn! Er hat den Verstand verloren . . . !«

»Es gibt keine Rettung«, antwortete Fürbringer mit unterdrückter und verzweifelter Wut.
Der Kopf Ramiganis tauchte aus dem Wasser auf. Die kaum bewegten Wellen flossen über seinen klaffenden Mund. Er ging unter und kam nicht wieder in die Höhe.
Seine Hoheit der Radscha von Eschnapur ließ den Arm sinken, wandte sich und verschwand im Palaste.
»Er verfolgt uns nicht«, meinte Irene zwischen Angst und Hoffnung.
»Er wird uns verfolgen – verlaß dich darauf! Er muß nur erst ein Boot zur Stelle haben. Nimm die Ruder Ramiganis auf und hilf mir! Das Boot ist träge, wir kommen nicht von der Stelle.«
Irene gehorchte. Sie setzte sich auf den Platz, den Ramigani verlassen hatte, und nahm die Ruder auf. Aber es war, als hätten sie Schlamm statt Wasser unter sich. Das Boot kroch ...
»Wir kommen nicht vorwärts!« rief der Mann in rüttelnder Ungeduld. »Sie werden uns den Weg verlegen ... Kannst du erkennen, was auf der Insel geschieht?«
»Nein ... Aber am westlichen Ufer ist ein Kahn abgestoßen und hält auf die Insel zu ... Da ... hörst du? Sie rufen sich an ...«
Fürbringer stöhnte; er wandte den Kopf über die Schulter.
»Die Türme ...!« schrie er fast überlaut.
Auf der Höhe der Türme, die das Tor jenseits des Sees ausholend überragten, flammten die Feuer auf und ließen lange, breite Wellen düsterroter Glut in die Dunkelheit der Tiefe stürzen.
Vom Widerstein schien Irenes Haar in Flammen zu stehen; ihr bleiches Gesicht hob sich geisterhaft aus einem rotbrennenden Kranze.
»Wohin willst du ...?« fragte sie gehetzt.
»Zu den Pferden ...«
»Du weißt die Wege nicht – es ist Nacht ...«
»Wir suchen die Berge zu gewinnen und warten auf den Morgen ...«
Sie hatten das Ufer erreicht. Das Boot stieß auf und schwankte. Fürbringer sprang ans Land; ihm auf dem Fuße folgte die Frau.

Vor ihnen leuchteten die purpurnen Malven aus den Baumwollbäumen. Vom Feuer aufgescheuchte Vögel kreischten über ihren Köpfen.
Sie schrien laut, die wilden Vögel ...
Fürbringer lief.
»Bleibe mir auf den Fersen, Irene ... !«
»Ja ... ! Wende dich nicht um ...«
Das Tor des fürstlichen Marstalls war unverschlossen. Fürbringer stieß es auf. Der warme Dunst der Tierleiber schlug ihm dick entgegen, raubte ihm sekundenlang den Atem.
Seine Hand tastete nach dem Lichtschalter. Das Licht flammte auf. Eine endlose Kette schwebender Leuchtkugeln spannte sich durch das Haus der fünfhundert Pferde. Kein Wächter war zu sehen.
Im strahlenden, verschwenderisch ausgegossenen Licht standen die Tiere in doppelter Reihe, rechts und links, sie alle wandten die Köpfe nach den Eingetretenen, und in ihren toten Edelsteinaugen sprühten die Farben auf und funkelten und tropften von Feuer.
Fürbringer lief die Reihen entlang. Er suchte den Rappen des Fürsten. Er fand ihn, die Opalaugen erkennend, nahm ihn beim Halfter und führte ihn ins Freie. Das schöne, blinde Tier gehorchte ohne den geringsten Widerstand.
»Lösche das Licht!« rief der Mann.
Irene tat es.
Fürbringer warf dem Rappen die Decke über, schnallte sie fest und schwang sich auf den breiten Rücken des Tieres.
»Komm herauf«, sagte er, die Hand ausstreckend.
Irene setzte den Fuß auf den seinen, griff in die Mähne des Tieres und zog sich empor.
»Wird er uns beide tragen können?«
»Er muß ... Du bist nicht gewöhnt, auf blindem Pferde zu reiten ... lege deine Arme um meine Brust und halte dich ruhig ...«
Der Ritt in der Nacht begann. Von der Gopurah herüber leckten die langen Flammen der Turmfeuer und warfen Fetzen schwärzlicher Glut durch die Baumwipfel auf den Weg, den sie nahmen.

Verworrenes Geschrei hatte sich erhoben; doch es war noch fern.
Die Bäume blieben hinter ihnen; sie hatten die Straße unter den Hufen des Pferdes. Das Pferd stolperte und blieb zitternd stehen. Fürbringer trieb es an.
»Vorwärts, mein gutes Tier, vorwärts ... vorwärts ...«
Der Rappe schnaubte und lief. Fürbringer beugte sich weit nach vorn, den Weg zu erkennen. Er war uneben und von Wagenspuren zerhöhlt, von der Sonne hartgebacken ...
»Hörtest du etwas hinter uns?«
»Nein ... Ja ... Nein ... Es war der Wind ...«
»Die Stimmen kommen uns näher, hörst du das nicht?«
»Ja. Sie schreien.«
Fürbringer schwieg. Er trieb das Pferd zum Galopp. Das Tier gehorchte.
Sie erreichten den Fluß und überquerten ihn auf bebender Brücke. Sie ließen die Straße zur rechten Hand und ritten quer übers Feld. Vögel brausten auf, wo sie ritten. Das wütende Gekläff des Schakals wich ihnen aus. In den Gebüschen zur Seite glühten fremde haßvolle Augen; die Tiere der Nacht standen wider den Menschen auf.
»Ich sehe Fackeln, die uns folgen«, sagte Irene.
Fürbringer wandte sich nicht um. Er biß die Zähne aufeinander.
»Folgen sie uns schnell?«
»Ja.«
»Haben sie Pferde?«
»Ja.«
»Sind sie schon jenseits des Flusses?«
»Es ist ein Heer von Fackeln. Eine ist allen voran. Sie braust durch die Dunkelheit wie ein fliegender Stern. Ich höre den Galopp des Pferdes, das diesen Reiter trägt ...«
Fürbringer stieß dem Rappen die Fersen in die Weichen. Das Tier machte einen Satz und lief. Der Boden unter seinen Hufen war eben wie Marmor und weich.
Fürbringer dachte: Ich will nicht eher wieder fragen, als bis ich den

Wald erreicht habe. Er fragte im gleichen Atemzug: »Sind sie nähergekommen?«
»Der eine kommt uns näher ...«
»Sieh dich nicht mehr um!« schrie der Mann.
Irene duckte das Gesicht an seine Brust. »Ich fürchte mich nicht!« sagte sie leidenschaftlich.
»Ich weiß es«, antwortete der Mann, sie heftig an sich drückend. Seine Augen verschlangen den Weg, den sie nahmen. Er keuchte mit offenen Lippen. »Irene«, sagte er, »ich liebe dich! Hörst du? – Achte nicht darauf, wenn ich rauh zu dir spreche! Ich liebe dich! Die Angst um dich ist es, die rauh aus mir spricht.«
»Ich fürchte mich nicht«, wiederholte die Frau mit heller Stimme.
Sie sprachen nicht mehr. Sie ritten. Minuten auf Minuten glitten unter ihre Füße. Über ihnen der Himmel verlor seine Sterne. Das Licht, das auf die Erde fiel, war kalt und grau. Es dämmerte über den Bergen, die vor ihnen lagen.
Der Atem des Tieres verlor seine Stetigkeit. Es begann zu röcheln. Das Tier zitterte; große, weiße Schaumflocken hingen ihm um Brust und Schultern.
»Es kann nicht mehr!« rief die Frau.
»Es muß ...!«
Fürbringer beugte sich vor. Er schrie dem Pferde in die Ohren.
Das Tier verstand ihn. Es verstand die Angst, die aus dem Menschen rief. Es verdoppelte seine Anstrengungen. Sein schönes, glänzendes Fell war nicht mehr schwarz, es war grau von Schweiß. Die hochgetriebenen Adern lagen wie Stricke darüber.
»Es kann nicht mehr!« rief Irene, in Tränen ausbrechend.
»Es muß ...!«
Die Dinge der Erde gewannen Form und Farbe. Sie tauchten aus der Dämmerung auf, verzerrt, feindselig, wie Wesen, die von böser Wanderung nach Hause kommen und ein schlechtes Gewissen haben.
Die Ebene ging zu Ende. Geröll lag in den Feldern. Felsblöcke hatten die Erde erschlagen. Die Häupter der Berge hoben sich kühl ins

Licht der Frühe, als wollten sie darin baden. Über ihnen war der Himmel grün.
»Spring ab!« schrie der Mann, mit einem Griff die Arme der Frau von seinem Halse lösend. Irene gehorchte, blindlings niedergleitend ins Geröll. Sie fiel in die Knie.
Im selben Augenblick, da Fürbringer sich vom Rücken des Pferdes schwang, brach der Rappe zusammen. Er stöhnte und sprang wieder auf, warf den Kopf hoch und schüttelte sich. Er sank auf der Hinterhand ein, stemmte die Vorderhufe ins Gestein und stand so unbeweglich mit schlagenden Flanken. Im ersten Schein des Morgens schimmerten die sieben Farben seiner Opalaugen.
Fürbringer blickte in die Höhe. Er deutete mit der Hand. »Hinauf ...!«
Irene raffte sich auf. Sie griff mit beiden Händen in die Steine. Fürbringer bot ihr die Schulter zur Hilfe. Sie schwang sich empor, klammerte sich ein, gewann festen Halt und stand. Sie bückte sich, dem Manne die Hand reichend.
»Halte dich nicht auf!« rief er. »Sieh dich nicht um! Nimm den Weg zur Höhe!«
Irene klomm voran. Die Felswand, vom Regen zerrissen, bot Händen und Füßen sicheren Halt. Fürbringer bewachte die Schritte seiner Frau mit den fast zornigen Augen der Sorge. Sie kamen rasch vorwärts; das Tal schien hinter ihnen wegzusinken.
Der Mann wandte sich um, rückwärts blickend. Er sah die Ebene hinter sich mit Menschen bedeckt, die auf Pferden saßen, klein wie Hunde.
Allen voran war der Fürst. Er sah in die Höhe. Fürbringer konnte sein Gesicht erkennen. Es war das Gesicht des Jägers, der sich freut an der Jagd und seiner Beute gewiß ist.
Er folgte ihnen nicht nach. Er lenkte sein Pferd ostwärts. Seine Begleiter folgten ihm. Sie verschwanden am Fuße des Berges.
»Er will uns den Weg verlegen«, sagte der Mann.
Irene antwortete nicht. Fürbringer hörte ihre tiefen Atemzüge.
Er fühlte, wie ihm der Schweiß auf der Stirn stand und in eisigen Tropfen über seine Schläfen rann. Sein Herz schlug, daß er es

hörte. Vor seinen Augen trübte sich die Luft. Er wußte nicht mehr, wohin er griff; lockere Steine lösten sich unter seinen Fingern, glitten, dumpf aufschlagend, unter seinen Füßen fort in die Tiefe.

»Was hast du?« schrie Irene, mit ausgebreiteten Armen an der Felswand stehend.

»Sieh dich nicht um!« schrie er zurück.

Sie kletterten weiter.

Aus der Ferne und Tiefe scholl ein frohlockender Ruf zu ihnen herauf. Fürbringer wagte nicht, seiner Ursache nachzuspüren. Er dachte: Wir sind in die Hölle geraten, und der Satan läßt uns nicht mehr los.

»Was hatte der Ruf zu bedeuten?« fragte Irene. Ihre Stimme klang wie die einer Ertrinkenden.

»Frag nicht ... beeile dich ...!« antwortete Fürbringer unter stöhnendem Keuchen.

Irenes Hände bluteten. Der Mann sah es. Er preßte die Zähne übereinander. In seinen Ohren toste der Pulsschlag.

»Nicht schwach werden!« beschwor er sie. »Nicht schwach werden, Irene ...! Noch fünf Minuten – noch drei Minuten halte dich tapfer!«

Irene machte eine Bewegung, als wollte sie in die Knie brechen. Sie hielt sich aufrecht, fiel gegen das Gestein zurück, stand wie eine Gekreuzigte, mit offenen Lippen; ihre leeren verstörten Augen suchten den Himmel.

Sie sank vornüber.

Mit der Kraft des Wahnsinns überwand der Mann die Strecke zwischen sich und ihr. Er fing sie in seinen Armen auf. Er ließ seine Füße Wurzel schlagen in den Steinen. Er hob die Frau, ihren Widerstand überwindend, hoch auf vom Boden, warf sich den Körper über die linke Schulter, stand, die Knie straffend, die rechte Hand in den Felsen geschlagen; das Gebrüll, das ihm aus der Brust hervorbrechen wollte, wurde zum Röcheln der Erschöpfung.

Er suchte mit den Augen die Unendlichkeit des Himmels. Er suchte den Gipfel des Berges mit dem Blick. Er begann den Weg zur Höhe, als trüge er die Welt auf den Schultern. Er fühlte sich selbst nicht mehr. Blind, taub, empfindungslos schleppte er seine Last aufwärts.

Er erreichte den Gipfel und fiel hin. Er blickte in die Tiefe. Lotrecht stürzte die Felswand hinab. Drunten toste der Fluß.

Jenseits, am Fuße des Berges, standen die Verfolger. Sie entdeckten die Flüchtlinge. Sie begannen, den Berg zu erklimmen, allen voran der Fürst.

Fürbringer raffte sich auf. Er zerrte die Frau mit sich in die Höhe. Sie standen und hielten sich umklammert, als hätten sie nur einen Körper.

Fürbringer hielt die Frau in seinen Armen; er schaute nicht vorwärts, nicht rückwärts, er schaute geradeaus in die Grenzenlosigkeit der Ebene, die sich tief unter ihm breitete.

Die Sonne ging auf über den Bergen und Tälern von Eschnapur.

Und aus den Nebeln, die in den Tälern wogten, hob sich, ungeheuer, wachsend ins Riesengroße, ein Schatten ...

Die Gipfel des Schattens brannten in weißem Feuer, wie ein Kristall, den die Sonne trifft.

Das indische Grabmal ...

Fürbringer taumelte. Er fühlte den Boden unter seinen Füßen weichen.

Er hörte die Stimme seiner Frau, die seinen Namen rief: »Michael ...! Michael ...!«

Und er stürzte in die Tiefe ...

XI

Die Uhr im Nebenzimmer schlug Elf. Das Fenster stand halb offen, und der eindringende Windhauch brachte den Duft der blühenden Weiden und der regenfeuchten Erde mit.
Neben seinem Bett stand Irene. Sie hatte die Hand auf seine Stirn gelegt, beugte sich über ihn und fragte: »Hast du schwer geträumt, mein Liebster?«
Michael Fürbringer starrte seine Frau an. Er schloß die Augen, atmete tief auf und drückte den Kopf in die Kissen.
»Geträumt«, sagte er, noch halb bewußtlos. »Ich habe geträumt ... Es war der furchtbarste Traum meines Lebens ...«
»Du stöhntest ein paarmal so tief, und ich rief dich, aber du hörtest mich nicht«, meinte Irene, ihm das Haar streichelnd.
Fürbringer lächelte. Er sah seine Frau mit versonnenen Augen an.
»Doch!« entgegnete er und griff nach ihren Händen. »Ich habe dich wohl gehört. Mitten im Traume warst du bei mir. Ich will es dir erzählen ...«
Er wandte den Kopf zur Seite und blickte auf das Bild des Tadsch Mahal, das dem Bette gegenüber hing.
»Weißt du, wo ich war?« fragte er lächelnd.
»In Indien. Das Bild ist schuld daran ... Ich träumte, ich sollte ein Grabmal bauen, das dieses an Schönheit noch überträfe. Der Versuch mußte scheitern, selbst im Traume. Aber es wäre vielleicht mein bestes Werk geworden ...«
»Tut es dir leid, daß du nur geträumt hast?« fragte die Frau mit einer zarten Herzlichkeit.
Fürbringer schüttelte den Kopf.
»Leid tut es mir nur um eines«, sagte er, die Augen schließend.
»Worum, mein Liebster ...?«
»Um den Sternsaphir, den ich dir schenken wollte ... Er war sehr schön ...«

CUM GRANO SALIS